CHAMBRE 13

Ma liberté de respirer

Bruno GONZAGUE

CHAMBRE 13

Ma liberté de respirer

Récit

LES ÉDITIONS LA BRUYÈRE
128, rue de Belleville
75020 PARIS

ÉDITIONS LA BRUYÈRE
ISBN : 978-2-7500-1879-5
Dépôt légal : 2ème trimestre 2024

PRÉFACE

Professeur Jonathan MESSIKA

et

Professeur Antoine ROUX,

Hôpital FOCH

À Martine,
À Vincent et Nathalie, Romain et Lore,
À Antoine, Camille, Paul, Manon et Louise

Et à toutes celles et ceux qui nous ont témoigné leur soutien et leur affection durant toute cette période au travers de leurs visites, leurs appels, leurs mails, leurs sms, leurs pensées et leurs prières…

PRÉAMBULE

J'ai longuement hésité avant de me décider à rédiger ce livre, en effet :

- Il ne s'agissait pas d'écrire un livre relatif à la fibrose pulmonaire dont j'ai été atteint, d'autant plus que je n'en ai aucunement la compétence. C'est une maladie très peu connue qui touche de l'ordre d'une personne sur 7 000 dans le monde, mais dont on va semble-t-il malheureusement parler plus souvent car certains Covid longs semblent se transformer en fibrose…

- Il ne s'agissait pas non plus de trop me lamenter sur mon sort et trop faire partager mes craintes et gémissements par rapport à mes souffrances physiques et psychologiques car il y a bien d'autres personnes malades autour de nous qui souffrent de maladies bien pires, parfois incurables, ou qui sont en attente de solutions thérapeutiques complexes, ou en attente de greffons compliqués à obtenir ; sans perdre de vue que la maladie touche aussi tant d'enfants et de nouveaux nés qui sont à bien des égards des cas bien plus sensibles que le mien.

- Et c'est poussé par certains de mes proches qui ont, semble-t-il, observé ma capacité de résilience face à la maladie et à mon parcours ; et qui m'ont incité à faire partager mon expérience, que je me suis dit que cela valait sans doute la peine de traduire au travers d'un livre comment j'ai réagi avant, pendant et après, comment j'ai survécu aux angoisses, comment j'ai trouvé les sources de positivité dans les pires moments face à l'adversité et quels outils motivationnels j'ai mis en place.

- Et je me suis dit que ma petite expérience pouvait sans doute être mise au service de bon nombre de personnes qui souffrent afin de contribuer à leur mieux-être et à leur mieux vivre.

Vivre, vivre, vivre, plutôt que de se laisser mourir…
Croire, croire, croire, encore et toujours que tout est possible !

PRÉFACE

La transplantation pulmonaire est une aventure…

-pour les patients qui y sont confrontés, comme un traitement de dernier recours,

-pour les équipes soignantes, médicales, paramédicales ou chirurgicales qui accompagnent ces patients dans un parcours pré-transplantation semé d'embuches, puis pendant l'attente et le suivi de la greffe.

Il s'agit d'un travail d'équipe alliant, autour du patient l'ensemble des professionnels, de ville ou hospitaliers. Les pratiques progressent, permettant de proposer ce traitement d'exception au plus grand nombre de patients qui en ont besoin.

Bruno GONZAGUE dépeint ici le quotidien des patients, en miroir de celui des équipes. Le souhait et le souci de rendre service qui anime les professionnels de santé est mis en lumière. Mais les contraintes ne sont pas occultées : difficultés logistiques, locaux vieillissants, manque de personnel…sont la réalité de celles et ceux qui animent ce système de soins, libéral ou hospitalier.

A ce cadre de soins, s'ajoutent les contraintes des patients ; prises de traitements contraignantes, explications parfois peu claires, ou quiproquos malheureux qui peuvent parfois brouiller la relation du patient avec l'équipe.

Nous ne pouvons que féliciter et encourager Bruno GONZAGUE et ses proches pour le chemin parcouru et la ténacité dont ils ont fait et font preuve.
A travers lui, c'est à l'ensemble des patients inscrits dans une démarche de transplantation, ou transplantés à qui nous rendons hommage.

Nous les remercions de nous faire confiance, et de faire ce chemin avec nous.

Pr Jonathan MESSIKA
Programme de Transplantation Pulmonaire
Hôpital BICHAT-Claude BERNARD, APHP Nord,
Université Paris Cité, Paris.

Pr Antoine ROUX
Pôle des maladies respiratoires
Pneumologue/Transplantation
PUHP
Hôpital FOCH, Suresnes

Nb : en Février 2023, le Professeur Jonathan MESSIKA a rejoint l'Hôpital FOCH en tant que Pneumologue intensiviste.

SOMMAIRE

Un week-end à la campagne

Nous possédons, avec mon épouse une maison de famille à la campagne au sud de Paris, en limite du Loiret et de la Seine et Marne, nous y sommes très attachés et y avons effectué quelques travaux d'agrandissement qui nous permettent, entre autres, de recevoir nos enfants et petits-enfants qui résident en banlieue parisienne, soit à 1 h 30 de route..., sauf bouchons !

La maison est située au centre du village, donne sur la place de la mairie ainsi que sur l'ancienne école que mon épouse a fréquentée dès son enfance.

A l'époque, c'était le café/tabac/épicerie/cabine téléphonique, tenu par ma belle-mère décédée depuis, et le lieu de rencontre et de ralliement de tout le village ; bref tout ce qui créait de la vie, de la convivialité, de la relation humaine, et qui a disparu peu ou prou en même temps que l'école. Derrière la maison et l'ancien atelier de charron de mon beau-père, nous avons aménagé un parc, avec un petit étang, qui me permet de partager des parties de pêche dantesques avec mes cinq petits-enfants, bien que je passe la majeure partie de mon temps à démêler les lignes !

Il y a aussi quelques bois environnants, un peu de futaie et la rivière, la « Sainte Rose » qui longe une partie de notre terrain.

Bref, un petit coin de paradis, proche de Paris, où nous aimons bien nous retrouver en famille.

Nous y étions allés, mon épouse et moi-même, depuis la Touraine où nous résidons, pour le week-end des 6 et 7 Novembre 2021 car notre fils ainé Vincent y descendait depuis Paris avec son fils Antoine et sa fille Louise, sa petite dernière âgée de 7 ans. Nous avons eu l'opportunité d'investir il y a deux ans dans un quad enfant et deux quads adulte d'occasion, ce qui nous permet de faire des ballades en famille très sympathiques ; et ce jour-là, nous avions décidé d'aller couper quelques vieux troncs d'arbre, dans une petite pièce de bois à 2 kilomètres de là.

Alors que Vincent joue de la tronçonneuse, Antoine et moi-même faisons office de manœuvres et nous employons à ramasser les bûches de 0,50 mètres de longueur afin de les mettre dans la petite remorque fixée sur l'un des quads, lorsque soudain, avec mes quatre ou cinq bûches de bois dans les bras, je me prends les pieds dans une racine et j'évite je ne sais trop comment de m'étaler de tout mon long en trébuchant, je me traite de tous les noms d'oiseaux, bien sûr, comme si cela servait à quelque chose...., mais je me rassure en pensant que je ne suis pas le seul à réagir de la sorte lors de situations similaires !

Bref, j'évite de tomber, mais je suis pris d'une énorme quinte de toux, à tel point que j'ai cru un court instant en perdre ma respiration, et de dire à Vincent et Antoine « dites-moi, les enfants, j'ai l'impression que ma cage thoracique s'est réduite d'un seul coup... »

Puis je reprends mes esprits et mon souffle et me remets à charger la remorque.

Vincent et Antoine font un aller-retour à la maison pour décharger le bois et j'en profite pour rester seul, assis sur un tronc, et récupérer un peu ; je ne donnerai pas un coup de main pour charger la seconde remorque. C'est trop exténuant et « le vieux Papybo » (contraction de Papy et Bruno) de 69 ans jouera les spectateurs lors du second tour.

Le samedi soir, devant le bon feu de cheminée, mon fils et Martine, mon épouse, constataient comme moi mes difficultés à respirer normalement, accompagnées de quintes de toux courtes et ponctuelles. Il faut dire que j'avais consulté trois jours avant notre médecin traitant, Pierre, qui m'avait diagnostiqué une légère bronchite pour laquelle j'étais sous traitement et m'avait conseillé de faire une radio dont la date était d'ailleurs prévue le lundi suivant.

Le week-end se terminant, chacun rentra chez soi le dimanche en fin d'après-midi, Vincent et les enfants sur Paris, Martine et moi en Touraine.

Je passai ma radiographie pulmonaire dès le lundi, radiographie qui indiquait que l'avis complémentaire d'un pneumologue pouvait être envisagé ; la semaine se passa avec le traitement léger que m'avait prescrit mon médecin, à base de produits à inhaler plusieurs fois dans la journée. Après une semaine de traitement, je ne constatai guère d'amélioration et retournai lui rendre visite. A la vue de la radiographie, il était catégorique, je faisais une « belle bronchite » et il me mit cette fois-ci sous antibiotiques et corticoïdes durant 8 jours !

Huit jours plus tard, nous avons reçu le dimanche midi l'une de nos nièces, Aurélie que nous n'avions pas vue depuis longtemps et faisions la connaissance de son petit ami, Benjamin, jeune homme très agréable d'ailleurs ; nous avons passé une partie de l'après-midi à jouer au billard français, jeu dont

Benjamin était friand. Tout le monde avait bien remarqué que je toussotais régulièrement mais ce n'est pas à cause de cela que j'ai perdu les deux parties face à Martine et Benjamin...

Même si je ne suis pas en grande forme, tout cela ne m'empêche pas le lundi matin, dès six heures trente de partir rejoindre deux amis, Thierry et Francis qui m'avaient convié à une partie de chasse au gros gibier dans le nord de la Vienne.

Je m'apprête à passer une semaine de célibataire car dans le même temps Martine partait dans la matinée en TGV à Paris pour rejoindre une partie de nos enfants et petits-enfants qui n'avaient pas classe pour cause Covid..., le grand classique du moment !

Une fois arrivés au pavillon de chasse et après le traditionnel café /croissant, nous assistons au briefing et aux consignes de sécurité données par le Président et partons nous positionner pour une grande battue aux sangliers. Après une grosse heure d'attente, je prélève un beau sanglier. Nous sommes en fin de chasse et le Past-Président qui a autorité me confie un bracelet à mettre sur l'animal et fait signe à chaque poste autour de moi d'arrêter de chasser afin de me permettre d'aller identifier mon tir, baguer l'animal, et le ramener sur le bord du chemin.

Je m'exécute, mais en vain, car une fois le bracelet posé, j'essaye vainement de tirer le sanglier au sol afin de le ramener au bord du chemin, en lui prenant les pattes arrières et éprouve les mêmes sensations, en pire, d'essoufflement et de rétrécissement de la cage thoracique que quinze jours plus tôt à la campagne. Pour le moins contraint et forcé, je stoppe immédiatement tous mes efforts, je reprends mes esprits et rebrousse chemin pour regagner tant bien que mal le chemin et retourner m'assoir sur mon siège trépied ; c'est là que mes amis me rejoignent et constatent mon état de faiblesse générale et mon grand essoufflement. Ils iront chercher le sanglier pour le ramener au bord du chemin où il sera ensuite chargé dans la remorque qui passera plus tard.

Mais il fallait rentrer et il y avait encore au bas mot quatre à cinq cents mètres à effectuer à pied pour rejoindre les véhicules et se rendre ensuite au relais de chasse ; j'ai effectué cette distance tant bien que mal, me délestant de tout mon matériel, mon siège, mon arme, auprès de mes amis dont je percevais bien l'inquiétude, qui me tenaient compagnie à chaque halte, m'arrêtant tous les cinquante mètres, haletant. Que ce fût long et que de gémissements, de lamentations et d'excuses de ma part auprès de mes amis : « je suis foutu, je marche comme un vieillard, regardez, mais qu'est-ce qui m'arrive ? ».

En clair, je manquais d'oxygène et j'ai sans doute sur l'instant été imprudent de vouloir regagner le véhicule même en marchant lentement.

Arrivés au relais de chasse, je me suis assis et j'ai petit à petit recouvré mes esprits et mon souffle. Nous avons fait un rapide casse-croûte en respectant les contraintes et normes Covid, debout au cul des véhicules et je suis reparti en Touraine en ayant pris soin de téléphoner à mon médecin traitant pour prendre un rendez-vous fixé dès le lendemain.

Un Grand coup sur la cafetière !

Très inquiet, je me rendis chez Pierre dès le mardi matin. Très inquiet lui aussi de constater que le traitement de « cheval », à base d'antibiotiques et de cortisone qu'il m'avait prescrit n'avait pas eu les effets escomptés. Il me facilite l'obtention d'un rendez-vous dans un cabinet de pneumologie de Tours pour le jeudi suivant. Lors du rendez-vous fixé à 15 h 30, je suis reçu par le Docteur Germain MOUTAUX qui consulte ma radio, m'ausculte et me fait passer des tests de soufflerie, puis il m'interpelle : « que faites-vous ce soir, Monsieur GONZAGUE ? », me demande-t-il ; et moi de lui répondre « je rentre chez moi et je ne bouge pas car mon épouse est partie chez mes enfants à Paris... ». « Eh bien non » me rétorqua t'il. » Ce soir vous allez coucher au Pôle VINCI, en pneumologie, où je vous envoie dès maintenant, en urgence, car vous n'avez plus que 82 % de taux de saturation d'oxygène dans le sang... ».

Allons bon, je m'attendais bien à tout, sauf à cela, d'autant plus que même si j'étais un peu essoufflé, j'étais venu en voiture, je marchais et me comportais normalement, à tel point que je suis rentré dès la fin de la visite à mon domicile pour prendre quelques affaires avec mon propre véhicule. Ce qui, au passage, avec le recul, n'était pas très prudent de ma part. Dans le même temps, une fois sorti du cabinet, je m'étais empressé d'appeler Martine, mon épouse qui était toujours sur Paris depuis lundi pour l'informer et surtout la rassurer, même si je l'ai sentie particulièrement inquiète ; d'ailleurs, elle me faisait remarquer que depuis ces deux derniers jours, lorsque je l'avais au téléphone, elle avait constaté et m'avait bien fait remarquer que j'étais de plus en plus essoufflé.

Et c'est là que tout s'enchaîna très vite et que mon histoire, notre histoire commence.

De retour à mon domicile, je m'empresse de prendre un sac de voyage pour y mettre le nécessaire de toilette, un pyjama, une robe de chambre et je téléphone en même temps à mon voisin Willy, chauffeur de taxi, pour qu'il m'emmène à la clinique VINCI.

Là, j'étais attendu. Willy m'accompagna jusque dans ma chambre, m'aida à m'installer et je fus pris en charge très rapidement et mis sous oxygène immédiatement avec une espèce de collier en tuyau plastique souple, composé de deux petits tétons qui vous rentrent dans les narines et vous passent sous le menton et par-dessus les oreilles afin d'être maintenu. J'avais déjà croisé parfois des personnes affublées de ce genre d'harnachement connecté à une bombonne portative, sans y attacher plus d'importance que cela, car non concerné, mais en me disant à chaque fois que je ne voudrais pas être à leur place et en imaginant à peine combien cela devait être pesant au quotidien. Une infirmière brancha le tuyau au bout du lit sur une prise murale en deux temps, deux mouvements avec un débit d'oxygène réglé sur 3, et je recouvrais, comme par miracle immédiatement toutes mes facultés respiratoires séance tenante. C'est aussi à ce moment-là que je me suis rendu compte à quel point je faisais autant d'efforts quelques secondes avant pour tenter vainement de respirer.

Ah, que c'était doux et agréable…, de respirer normalement !

Oui mais !

J'allais rester en observation toute la journée du vendredi avec radio des poumons et scanner. Ce n'est que le samedi midi que l'un des pneumologues du service allait m'annoncer les premiers résultats : « vous avez une poussée de fibrose..., avec une inflammation alvéolaire... ». J'échangeai quelques instants avec le médecin au sujet de cette maladie dont je n'avais jamais entendu parler, puis il m'indiquait qu'il y avait lieu d'agir vite afin de stopper la crise ; dès cet après-midi, j'allais être perfusé avec un bolus, il s'agit d'une perfusion, de 500 mg de cortisone, et ceci durant trois jours, que j'éprouverai des difficultés à dormir cette nuit compte tenu de l'heure à laquelle on m'administrait le bolus et que j'aurai une fibroscopie dès le lendemain matin. Et j'ai effectivement été 32 h sans dormir ou, à peut-être effectuer des micros siestes et à planer un peu !

Moi qui avait rassuré mon épouse deux jours auparavant en lui disant que j'allais aux urgences, mais qu'il ne s'agissait pas de quelque chose de très grave, un truc du genre bronchite mal soignée, je m'empressai de l'appeler pour lui faire part du diagnostic, sans forcément être conscient de la gravité de cette maladie et en lui expliquant le rôle des alvéoles dans les poumons, leur sclérose en cours, et l'intérêt d'effectuer une fibroscopie... Bref, ce que le médecin m'avait expliqué ; ou du moins, ce que j'en avais compris.

Mais ni une, ni deux, après avoir terminé ma communication téléphonique avec Martine, je me précipitai, comme tout bon consommateur, sur internet pour en savoir plus ; et là, je prends conscience très vite que la maladie est grave et que le verdict est sévère !

J'ai une fibrose pulmonaire, maladie fort peu connue qui touche en moyenne une personne sur 7000 dans le monde, qui si elle est détectée suffisamment tôt peut permettre une espérance de vie de 5 ans, voire plus et même beaucoup plus selon les personnes et le traitement, mais qui peut aussi, selon le stade de sa découverte, stade un, deux ou trois, entrainer la mort à trois ou douze mois !

Et pire, les seuls traitements au monde connus à ce jour permettent au mieux de ralentir la maladie, mais en aucun cas de la stopper, contrairement par exemple à des cancers qu'on peut juguler, éradiquer ; dans le cas de la fibrose, c'est la mort assurée !

Je ne vous cache pas que quand vous découvrez cela, comme le disait ma chère Maman partie de notre monde il y a quelques années à l'âge de 97 ans, vous prenez un « grand coup sur la cafetière »

Sans trop rentrer dans les détails, les poumons sont composés, entre-autres, de nombreuses alvéoles, c'est pour moi qui n'y connaissais rien en la matière, ce qui ressemble à des petites grappes de raisin. Lorsque celles-ci peinent, elles se cicatrisent, telle une plaie au bout d'un doigt, et dès cet instant les alvéoles meurent, se nécrosent et ne jouent plus leur fonction de tri de l'oxygène et du dioxyde de carbone au service d'une bonne oxygénation du sang. Et une fois névrosées, ces alvéoles ne peuvent hélas plus se régénérer : mort c'est mort !

Cette maladie est encore très mal connue même si la recherche avance et dans la majeure partie des cas elle est très difficile à détecter lors d'une visite chez un médecin traitant, voire même à la radiographie, sauf à repérer au stéthoscope un léger bruit de craquement de deux bandes velcro qu'on arrache ou le bruit de pas dans la neige fraiche. Ses causes identifiées actuellement sont liées à des fortes expositions à l'amiante, à la fiente de pigeons et d'oiseaux, à la respiration de poussières de foin moisi, de paille…elle est d'ailleurs aussi appelée « la maladie du poumon de fermier ». Elle peut aussi être contractée par les gros fumeurs. Je n'ai personnellement jamais été au contact de ces différentes matières et j'ai totalement arrêté de fumer depuis 22 ans ! Je n'avais pas non plus de signes cliniques précurseurs tels qu'un essoufflement très progressif ou une toux persistante.

Le Docteur MOUTAUX s'efforçait bien durant les premiers jours de rechercher les causes en même temps que les nombreuses analyses, en me posant moult et moult questions, mais en vain.

Les analyses de sang ayant décelé quelques traces infimes de légionellose, nous en ferons donc part à l'Agence Régionale de Santé (ARS) et je paierai les services d'un cabinet spécialisé pour venir auditer mes installations sanitaires au domicile, mais en vain également.

Difficile à détecter en premier examen, près de 15 000 personnes en souffrent dans notre pays qui compte 4000 nouveaux cas par an et il est très difficile d'en identifier les causes, à un point tel que dans 50 % des cas de fibrose, les causes ne sont jamais identifiées, et leur évolution est plus ou moins rapide selon le stade où elles sont détectées et selon les sujets. Après les nombreuses recherches effectuées avec les docteurs et les professeurs nous en avons conclu que j'étais dans ce cas-là, j'avais donc une fibrose pulmonaire idiopathique..., idiopathique, pas pour idiote..., quoique..., mais pour cause non identifiée !

Alors certes, il existe beaucoup d'autres maladies dont les causes sont inconnues, d'autres maladies dites auto immunes, et hélas d'autres maladies dites incurables qu'on imagine même pas tellement elles sont injustes, qui touchent en plus parfois des personnes très jeunes, bien plus jeunes que ma personne, voire de jeunes enfants et des nouveaux nés dès leur arrivée sur notre belle terre.

Me concernant, le constat était là, sans équivoque, et il allait falloir faire avec et trouver tous les ressorts physiques, intellectuels et psychologiques pour affronter une telle épreuve dont je n'imaginais pas encore le niveau de difficulté.

Un tsunami

J'imaginais bien ou pensais bien imaginer les ressentis et les sentiments liés à l'annonce de la maladie d'un être cher dans la famille ou d'un ami, ou pire encore l'annonce d'une maladie grave chez un enfant, pour l'avoir vécu dans mon entourage proche, mais finalement, on compatit, on dit qu'on sait ce que cela peut représenter, on pense savoir ce que cela engendre, mais on ne sait rien ou pas grand-chose quand on n'est pas confronté personnellement à cette situation.

Grâce aux progrès de la médecine, beaucoup de personnes malades dont l'issue de la maladie était inéluctable il y a encore quelques années, guérissent aujourd'hui et nous avons tous parmi nous à l'esprit le nom de proches qui ont survécu à des maladies compliquées, avec dans bon nombre de cas une issue heureuse dont nous ne pouvons que nous en réjouir.

Dans mon cas, par contre, la situation était un peu plus complexe, car la difficulté majeure de la FPI comme on l'appelle de manière abrégée (Fibrose Pulmonaire Idiopathique), réside dans le fait que les seuls traitements existants à l'échelle mondiale permettent au mieux de ralentir la progression de la maladie, mais en aucun cas de la stopper. En clair, selon le stade où en est la maladie, vous avez à plus ou moins long terme rendez-vous avec la mort !

Et dans mon cas, dès le diagnostic de ma fibrose, le pneumologue était catégorique : j'avais perdu du jour au lendemain 40% de ma CPT (Capacité Respiratoire Totale)… sans commentaires !

Après les échanges avec le Docteur qui jouait la transparence même si je sentais bien qu'il restait pour partie sur la réserve par rapport au diagnostic, et la consultation des sites internet sérieux, je prenais conscience très vite de la fulgurance de ma maladie qui était arrivée là, qui était déjà bien avancée, sans même prévenir, et sans signes avant-coureurs. Conscient que l'issue serait fatale, j'évoquais d'ailleurs déjà dès la première semaine de mon séjour au Pôle Vinci avec le pneumologue l'éventualité d'une greffe pulmonaire, seul moyen de m'en sortir à mes yeux. Nous étions tout début Décembre, je venais donc de découvrir le diagnostic et je me souviens encore des propos du Docteur me disant : « mais Monsieur GONZAGUE, vous n'y pensez pas, nous n'en sommes pas encore là avec vous, et on ne fait pas une greffe comme cela…, on va d'abord vous soigner… ».

Me soigner, certes, mais face à l'urgence de la crise lors de l'entrée à la clinique, et à l'administration des trois fameux bolus de 500 mg de corticoïdes durant trois jours, dont l'objectif consistait à calmer cette méchante inflammation alvéolaire, force est de constater que le scanner réalisé trois semaines plus tard laissait toujours bien apparaître cette zone opaque qu'on ne peut distinguer qu'à l'issue d'un scanner, ce fameux « plafond de verre dépoli », comme l'appelle les pneumologues, pour évoquer la présence de la zone inflammatoire des alvéoles.

A mes yeux, la phase d'acceptation de la maladie, façon de parler…, devait passer par une phase d'enquête et de compréhension. J'avais bien saisi, comme évoqué précédemment les principales causes et j'ai à nouveau creusé sur internet pour me rendre compte que nous avions de très grands professeurs et chercheurs en France par rapport au sujet, et que les suisses et les canadiens me semblaient aussi bien au fait, mais en vain. Cela me permettait tout au plus de mieux comprendre les propos des médecins, de mieux échanger avec eux, et même si l'un d'entre eux m'avait fait part de sa surprise par rapport à l'état de ma culture lié aux maladies pulmonaires, je n'avais pas manqué de lui signifier que je n'y connaissais pas grand-chose et qu'il n'était pas question pour moi de m'immiscer dans leurs diagnostics, lui faisant comprendre que je savais faire preuve d'humilité et que je ne faisais pas partie de ces patients qui savent tout sur tout, car ils l'ont vu ou lu sur internet ; attitudes, propos et certitudes dont les médecins ont horreur.

J'avais aussi récemment sympathisé lors d'une partie de chasse avec Bruno, dont le Papa avait été atteint d'une FPI à l'âge de 64 ans, et qui avait été envoyé par le CHRU de Tours à l'hôpital BICHAT à Paris pour y être greffé à 69 ans. Malheureusement, même si l'opération s'était bien déroulée, sa perte de poids liée à son état de fatigue avait provoqué son décès quelques mois plus tard. L'histoire de son Papa m'a énormément touché, j'avais aussi le même âge et nous étions sur la même longueur d'onde avec Bruno à chaque fois que je l'avais au téléphone. Plus tard, Il allait me conforter au travers de cette malheureuse expérience de son Papa, me donner des points de repères, me réconforter par rapport à l'évolution de la maladie, à mes réactions, à mes angoisses, et nos échanges seront toujours constructifs et enjoués et chaque bonne nouvelle allait lui apporter une joie sincère. J'avais même parfois le sentiment qu'il m'identifiait un peu à son Papa ou du moins à son histoire, et il éprouvait beaucoup de plaisir à me conseiller et à me rassurer. Il faudra que j'en reparle avec lui le moment venu et que je lui réitère de vive voix mes remerciements pour sa proximité, pour ses conseils et sa grande attention à mon égard.

Non, ou plutôt oui, je devais me rendre à l'évidence, je n'avais eu aucun signe avant-coureur de la maladie, tels que des petits essoufflements, des toussotements, et il ne s'agissait pas d'une fibrose légère qui quand elle est prise très tôt permet de la ralentir plus facilement et plus longtemps et de rallonger la durée de vie.

Et dire que je pratiquais 4 mois avant encore, en Août dernier, 300 à 400 mètres de natation par jour en mer à la Baule, dire que j'étais heureux et pas peu fier d'avoir battu l'un de mes petits-fils, Antoine, au tennis sur un set, avec un peu de chance, certes…, dire que j'avais marché avec des amis lors d'un séjour en Corse en Septembre dernier sans ressentir la moindre gêne respiratoire, et dire que je ne faisais pas moins d'un golf 18 trous par semaine jusqu'en Octobre dernier !

Bref, j'étais, à 69 ans, en pleine possession de toutes mes capacités physiques et intellectuelles, je participais toujours activement à la vie économique et associative locale, et j'étais toujours multipostes, multitâches comme aimaient à me le rappeler certains collaborateurs à l'époque pour traduire mon hyper activité.

Donc aucun clignotant susceptible d'annoncer l'arrivée impromptue de ce tsunami !

Car c'est bel et bien d'un tsunami dont il s'agit, tsunami dans la tête et dans la famille !

Bien qu'ayant été confronté à quelques épreuves dans ma vie, comme tout un chacun, je n'avais encore jamais été confronté à une telle situation. Et oui, c'est bien cela, c'était la première fois que j'étais confronté à ma propre mort !

Durant ce premier séjour au Pôle Vinci, j'ai énormément pleuré, me lamentant sur mon propre sort, me posant une foule de questions que toute personne à qui on annonce une sale maladie doit vraisemblablement se poser aussi : pourquoi moi ? Comment ? Qu'ai-je fait pour mériter cela ? J'ai aussi vainement essayé d'échanger avec le personnel soignant et les infirmières entre-autres pour qu'elles me parlent des cas de fibrose qu'elles avaient au sein du service, de la fréquence, de l'état d'avancement, etc…, mais visiblement, toutes et tous étaient fort peu prolixes et de toute évidence connaissaient l'issue fatale et ne souhaitaient absolument pas donner un quelconque avis ou une quelconque information ; ce qui est d'ailleurs tout à leur honneur et fait partie à part entière de la déontologie qui les guide au quotidien.

Il en était de même avec les trois pneumologues que j'ai vu défiler dans ma chambre durant cette dernière quinzaine de Décembre. Avec le recul, je suis conscient que je les inondais de mes nombreuses questions, motivé que j'étais par la quête du savoir et de la vérité. Ah… Que les causes potentielles de la fibrose, alliées au questionnement relatif au stade où en était la mienne, et l'état d'avancement du « plafond de verre dépoli », ont alimenté mes échanges avec eux… Et j'imagine que je devais parfois les agacer un peu…, même s'ils ont su faire preuve de patience et de pédagogie à mon égard.

Dans le même temps, j'ai beaucoup apprécié la capacité d'écoute et de réconfort d'une grande partie du personnel soignant, qu'il s'agisse des infirmier (e)s ou des aides soignant (e)s. je me souviens encore très bien de cette infirmière qui a passé sans doute plus de quinze minutes à me tenir la main, à m'écouter, à me regarder pleurer, à compatir sans même me parler ou à peine, si ce n'est avec son regard et au nombre de fois où je l'ai remerciée pour son écoute, pour sa patience, pour sa gentillesse et pour son aide. Quel beau métier que celui d'infirmière, mais quel dur métier !

Ou encore cette femme de ménage qui a arrêté de travailler durant dix minutes pour m'écouter parler de ma maladie, de comment c'était arrivé, des traitements possibles ou pas, etc…, tout en faisant un parallèle avec la maladie qui avait emmené son grand-père du même âge que moi quelques mois plus tôt.

J'ai beaucoup pleuré, j'ai beaucoup parlé, je me suis beaucoup confié, et c'est vraisemblablement la meilleure thérapie qui m'a permis de surmonter cette première étape.

Contrairement à Martine, mon épouse, qui elle, pleure peu, et garde ses émotions et ses ressentis pour elle plutôt que de parler ou de se confier…, elle est hélas toujours sous traitement avec des antidépresseurs à l'heure où je rédige cette page…

Pour ma part, je suis d'un naturel optimiste et extraverti, et avec le recul, le choix que j'ai effectué naturellement d'en parler au plus grand nombre de personnes possibles, tant dans mon entourage familial qu'amical et professionnel m'a certainement permis de mieux assumer. Je peinais souvent même au téléphone à retenir mes larmes pour expliquer ce qui m'arrivait, mais peu importe, c'est normal de pleurer, même si j'imagine à quel point je pouvais mettre dans l'embarras certains de mes interlocuteurs condamnés à écouter mes dires voire mes lamentations ! je ne remercierai jamais assez toutes celles et ceux qui, à l'autre bout du téléphone, ont subi cette nouvelle fracassante accompagnée de tous mes sanglots sans savoir comment réagir ou quoi dire si ce n'est des « sois fort, on te connait bien, tu vas t'en sortir… » Et moi, sitôt le téléphone raccroché, de penser alors qu'on avait échangé sur le sujet un instant plus tôt : mais non, je ne vais pas m'en sortir, on ne peut pas l'arrêter cette « putain » de maladie !

Et puis, il y a le temps où on en parle au sein du couple et c'est une épreuve complexe d'autant plus que je ne sais pas au début qui de mon épouse ou moi-même est le plus lucide par rapport à la maladie et à son issue. Je pense, avec le recul, et malgré la formation initiale d'infirmière de Martine, que c'est moi qui étais le plus affuté et informé par l'intermédiaire des consultations avec les médecins et des sites internet. Et je subodore que Martine ne voulait pas, un peu quelque part, ne pas trop savoir, même si totalement consciente des enjeux, mais cela lui évitait peut-être de penser au pire.

Mais il fallait bien en parler ensemble, et parler du pire ensemble, et nous avons mesuré la gravité de la maladie à la taille des deux cuves à oxygène livrées fin Décembre. En effet, durant les trois premières semaines de Décembre, j'étais équipé de lunettes à oxygène dont les deux embouts sont fixés en permanence dans les narines, et reliés à un tuyau plastique connecté à un générateur d'oxygène. On m'avait installé au domicile un appareil alimenté par l'électricité qui avait un débit maximum de cinq litres d'oxygène par minute, mais à l'issue de mon second séjour à la clinique, les médecins ont estimé qu'un tel débit, en prévision de l'évolution de la maladie était insuffisant et nous avons été livrés dès fin Décembre de deux immenses cylindres en inox de 1,30 mètre de haut et 40 cm de diamètre environ. Je les appelais « mes centrales à béton », tellement elles en imposaient. Nous les avons fait installer dans la salle de bain au rez-de-chaussée et mon épouse n'a pas pu s'empêcher d'éclater en sanglots lorsqu'elle a vu arriver ces cuves ; c'était l'hôpital qui s'installait à la maison et la maladie qui allait prendre ses marques … C'était effectivement impressionnant et inquiétant à la fois.

Impressionnant, car l'installateur, Olivier, prit quelques mesures dans la maison pour en conclure que je serai connecté 24 h/ 24 h à elles avec un tuyau de 12 mètres de long qui me permettrait d'aller de ma chambre à l'étage, à la salle de bain, au salon, à la cuisine et dans mon bureau, et nous décidons qu'il passerait tous les lundi matin vers 8 h pour les recharger. Nous avions établi un rituel autour du café et nous échangions sur un peu tout, et un peu aussi par rapport à ma maladie, même si je prenais soin de ne pas trop lui casser le moral au début de sa semaine avec mes soucis…

Inquiétant aussi car j'avais bien observé dès leur arrivée que les cuves, contrairement à mon petit appareil précédent qui avait une capacité maximum de cinq litres /minute, avaient, elles, une capacité de douze litres/minute… ; ce qui, à mes yeux en disait suffisamment long sur le pronostic d'évolution de la maladie et sur mes besoins potentiels en oxygène pour les mois à venir !

Dans ma prison dorée

Je venais de comprendre que j'étais condamné à vivre avec cet accoutrement 24 h/24 h dans ce qui allait devenir ma prison dorée, j'allais être cloîtré à mon domicile, certes spacieux, emprisonné et condamné à faire les cent pas depuis mon séjour, mon bureau, ma chambre, la cuisine et la salle de bain.

L'une de mes dernières sorties avec une petite bombonne d'oxygène portative d'une autonomie de deux heures environ selon les réglages, consista à traverser la rue pour aller saluer nos voisins, Jules et Christiane, âgés respectivement de 97 et 94 ans avant leur départ en maison de retraite. Pour Martine et moi, ils représentaient un peu nos parents, nous qui avions perdu les nôtres depuis trop longtemps. J'avais croisé Jules qui était hospitalisé en même temps que moi lors de mon second séjour au Pôle VINCI, et il n'avait pas encore pris la dimension de ma maladie. Par contre, depuis, il avait bien compris et il n'avait pas manqué de me faire comprendre, lors de notre dernière accolade, tant au travers de ses yeux humides que de ses mots choisis, que son souhait le plus cher était de nous revoir, même s'il était plus logique que ce soit lui qui parte avant moi… à l'instant présent, j'éprouve beaucoup d'émotion en pensant à eux deux, et grâce à Dieu, ils vont bien !

Ce réel calvaire allait être d'autant plus difficile à vivre pour moi qui suis un hyper actif, que mes amis et collègues de travail décrivent comme une personne multi postes, multi tâches, qui pense, écoute et fait souvent, trop souvent d'ailleurs, plusieurs choses à la fois. Moi qui suis d'un naturel très sociable, aimant être entouré d'autres personnes en permanence, participer à la vie du groupe au travers les échanges et apports d'idées afin d'aider à la construction de l'édifice ; bref un extraverti qui a besoin d'autrui et du groupe comme source de vie et de motivation pour exister au quotidien.

En effet, toute privation devenait insupportable. Ne pouvoir rien faire physiquement était abominable car j'étais relié 24 h/24 h avec mes 12 mètres de tuyau en plastique à mes bombonnes d'oxygène. Je n'étais plus capable de monter et descendre les escaliers pour aller chercher quelques bûches de bois à mettre dans la cheminée, plus capable de me baisser pour mettre la bûche dans le foyer, où au prix d'un tel effort qu'il fallait que je m'assoie immédiatement pour récupérer tout ou partie de mon souffle. Cette pénibilité de tous les instants était devenue présente en permanence dans ma vie quotidienne. Par exemple, je n'étais plus capable de prendre ma douche en position debout et nous avions investi dans un petit tabouret pour que je puisse m'asseoir sous la douche ; de même pour me raser où j'étais devenu incapable de rester en position debout le temps du rasage.

Et que dire du toc du saturomètre, cette pince que vous mettez régulièrement dans votre index pour mesurer le taux d'oxygénation dans le sang, taux qui doit avoisiner les 98/100 et ne pas descendre sous 92. Je l'utilisais en permanence, à longueur de journées et de nuits, qu'il s'agisse des moments où j'avais des crises de panique, des quintes de toux, des moments de calme, après un effort, et je notais systématiquement l'heure et le taux sur mon cahier et je m'inquiétais ou me rassurais en conséquence. Cela me permettait de mieux connaître mon corps, d'en faire part au médecin le moment venu, et de constater que mes capacités s'amenuisaient et déclinaient surtout à l'effort.

J'avais bien remarqué que Martine jetait régulièrement un œil furtif sur le cahier et sur les relevés sans même forcément m'en parler… ce qui était sans doute préférable afin de ne pas alimenter encore plus nos angoisses, car cette fibrose idiopathique était devenue hélas notre sujet de conversation numéro un !

Je la voyais aussi m'observer et je la sentais aussi se lamenter par rapport à mon état physique qui continuait à se dégrader à vue d'œil, aux difficultés croissantes que j'avais à reprendre mon souffle, et je percevais bien combien elle était en train d'encaisser et de sombrer psychologiquement.

J'étais condamné à ne plus rien faire et elle en faisait de même, en sortant moins pour être plus présente à mes côtés, car inquiète qu'il m'arrive quelque chose en son absence, en s'exprimant moins car je lui avais dit fermement de ne plus regarder dans le rétroviseur et d'arrêter de ressasser les « pourquoi, pourquoi toi, pourquoi nous, etc... »

Bien qu'étant unis et tous les deux, nous étions bien seuls, condamnés à ne rien faire ou presque dans notre prison dorée.

Oui, car la condamnation à ne rien faire n'est sans doute déjà pas chose naturelle. J'imagine à peine ce que peuvent vivre des prévenus dans l'univers carcéral. Mais pour un hyper actif, le sentiment de ne plus servir à rien, de devenir inactif par obligation, de passer ses journées entières sur son divan devant sa cheminée, de passer des heures à bouquiner, à zapper entre ordinateur et chaines TV, à téléphoner et faire « les cents pas » dans sa maison. …, devenaient de plus en plus insupportables.

L'état psychologique et physique de Martine, malgré son traitement s'aggravait. Elle était devenue comme moi, incapable de remonter du bois depuis la cour jusqu'à l'intérieur de la maison pour alimenter la cheminée.

Nous avions limité les visites pour me protéger contre tous types de virus, et c'est Ingrid et Willy, nos amis et voisins qui venaient régulièrement une à deux fois par semaine nous faire le plein de bois pour la cheminée et nous tenir bonne compagnie par la même occasion, en nous remontant le moral. Nous savions que nous pouvions compter sur eux, au même titre que Marlène, notre femme de ménage très proche et très dévouée, que nous apprécions beaucoup, avec qui nous échangions beaucoup, qui prenait bien soin de nous, et qui se chargeait aussi de la corvée du bois tous les vendredis.

A cette époque, Martine et moi avons éprouvé le sentiment d'un vieillissement précoce et cette curieuse sensation commençait à nous inquiéter. Il ne fallait pas que le mental se dégrade et déteigne sur le physique…

Sans visites, notre vie devenait bien triste et nous ne remercierons jamais assez Ingrid et Willy pour leur compassion à notre égard et tout ce qu'ils ont fait pour nous hier et aujourd'hui encore.

Fort heureusement, la présence physique de nos enfants qui descendaient de Paris quand cela leur était possible, alliée au grand nombre de sms et d'appels téléphoniques de tout notre entourage que nous remercions encore, ont été d'un énorme réconfort. C'est d'abord dans ces moments-là que nous avons besoin des amis !

J'ai bien essayé au début de continuer à exister socialement en continuant à assister depuis mon domicile à des visioconférences dans le cadre de mes différentes activités encore intenses malgré mon âge ; mais dès la seconde visio-conférence, j'ai très vite abandonné pour la bonne et simple raison que, à tort ou à raison, j'ai cru ressentir le regard des autres participants uniquement fixé sur mes deux tétines fixées dans les narines. J'en ai vraisemblablement fait une « fixette » plus que cela ne l'était en réalité, mais ce sentiment, allié à mon essoufflement qui accompagnait trop ma prise de parole, faisaient que je trouvais mon propos moins percutant et moins compréhensible pour autrui et m'ont conduit à lâcher prise et arrêter toute participation aux visios. Je me suis dit : « Bruno, stop, on arrête, ce n'est plus toi, tu vas te faire mal à la tête et au corps et laisser béante la porte à de l'énergie négative, qui, si tu n'y prends pas garde, va s'engouffrer et se nicher en toi et peser encore plus sur les points de faiblesse déjà présents et te pourrir encore plus la vie ».

J'avais à l'époque des crises d'angoisse où l'anxiété alliée à la peur d'étouffer prenaient le dessus sur la raison. Je regardais parfois les chaînes d'information TV en continue, les images de la guerre en Ukraine m'étaient insupportables et dans mon état, je mesurais encore plus la méchanceté du monde et ne tardais pas à éteindre le téléviseur pour essayer de passer à autre chose.

Et c'est à cette époque que le pire des moments est arrivé. C'était le moment où le Printemps pointait le bout de son nez, je voyais et j'appréciais comme chaque année le début de floraison bien jaune des forsythias, la première pousse de la pelouse ainsi que des mauvaises herbes dans mes petits carrés de jardin. Mais j'étais hélas bien incapable de me baisser pour arracher le moindre brin d'herbe et incapable d'effectuer la moindre tâche, si petite soit-elle. Cela fut pour moi l'occasion de m'occuper à chercher et trouver une entreprise de jardinage susceptible de compenser ma frustration, à voir et à me lamenter devant mon jardin dans un si piteux état. C'est ainsi que j'ai pu faire la connaissance de Christopher, jeune paysagiste récemment installé à son compte, de 28 ans, fort aimable, très courageux et très compétent et avec qui nous ferons sans doute, si Dieu me donne encore vie, un bon bout de chemin ensemble.

Je survivais tel un lion en cage, du moins je l'imagine, privé de liberté d'action durant tant de mois avec une laisse de douze mètres de long qui raccordait mes narines aux deux énormes bombonnes d'oxygène et qui délimitait mon seul périmètre de déplacement. Je me remémore encore toutes ces nuits avec le bruissement de l'oxygène dans les narines très vite très abimées, bruissement qui d'ailleurs, selon ma position réveillait parfois mon épouse. J'avais la gorge sèche en permanence, sèche au point de me réveiller régulièrement pour siroter un peu d'eau.

Une telle situation était inhibante physiquement en limitant mon espace de vie, même si j'utilisais parfois une petite bombonne portative, mais elle déteignait surtout fatalement et m'atteignait psychologiquement.

Il me fallait, et je m'efforçais de trouver en permanence des prétextes, des objectifs, aussi mineurs soient-il pour m'occuper. Ne surtout pas rester à ne rien faire, ne surtout pas tomber dans le désœuvrement physique et intellectuel.

Être en permanence en action dans son corps et dans sa tête, telle aurait pu être ma devise que je me permets de conseiller à toutes celles et tous ceux qui vivent des maladies ou des moments difficiles.

Joyeux Noël et Bonne Année quand même !

Le Docteur MOUTAUX qui avait visiblement bien appréhendé ma détresse m'avait fort aimablement donné l'autorisation de sortir du Pôle VINCI pour la veille de Noël, pour réintégrer la Clinique le 26, ainsi que pour la veille du nouvel an. C'est ce qui m'a permis de fêter chacune de ces fêtes avec mon fils cadet Romain et Lore et leurs enfants pour Noël, et mon fils aîné Vincent et Nathalie et leurs enfants pour le jour de l'an... Et de me dire en moi-même qu'il fallait que j'en profite au maximum et que c'étaient peut-être les dernières fêtes de fin d'année auxquelles je participais avec eux, même si personne n'évoquait ou ne parlait de cette hypothèse. Je sais depuis que tout le monde y songeait, bien sûr.

Pour ma part, j'ai été lucide très vite et je pense avec le recul que cette prise de conscience rapide et cette lucidité m'ont énormément aidé pour la suite. J'étais victime d'une maladie qui était déjà à un stade avancé, maladie dont on ne guérit pas. Mes jours étaient comptés et la seule solution était la greffe, mais difficilement accessible après 65 ans.

Tel était le constat et, dans mon esprit, il ne fallait surtout pas mettre la poussière sous le tapis ou feindre de ne pas savoir, mais affronter bec et ongle avec le peu de cartes que j'avais en main si ce n'est ma forte volonté de m'en sortir.

Puis, très vite, rendez-vous fut pris avec le Professeur Sylvain MARCHAND-ADAM, Chef de service du Pôle pneumologie du CHRU de Tours. A l'issue des différents tests respiratoires et de marche que je n'ai pu réaliser que partiellement à cause de mon incapacité à respirer, le Professeur, accompagné de la Docteure Axelle RIVIERE qui avait procédé à mon questionnement préalable évoquait rapidement l'hypothèse de la greffe, qui, si elle était confirmée aurait lieu à l'hôpital BICHAT à Paris, dans la mesure où le CHRU de Tours n'a pas la compétence en matière de greffe pulmonaire.

Mais le premier obstacle à franchir, compte tenu de mes 69 printemps fêtés le 3 Janvier dernier consiste à s'assurer de mon état de santé, et de déjà valider sur Tours des points clefs essentiels au travers d'une coronographie et autres tests et entretiens avec des anesthésistes entre autres. J'étais tout excité à l'idée de passer cette première étape mais aussi très inquiet à l'idée que mon cœur puisse être en partie défaillant, comme c'est le cas chez des amis de mon âge, voire plus jeunes, auquel cas la première porte d'entrée d'une greffe potentielle se refermerait définitivement.

Rendez-vous est pris très rapidement courant Janvier pour la coronographie, et je suis rassuré très vite par le médecin intervenant qui vient me commenter les résultats et m'indique qu'à part quelques anomalies, il n'y a rien, selon lui qui serait rédhibitoire pour entamer un parcours pour une greffe pulmonaire potentielle.

J'avais passé la première épreuve avec succès et comme je me plaisais à le dire à mon épouse et à mes enfants, j'avais obtenu mon Baccalauréat, mais ce n'était que la porte d'entrée dans le cycle supérieur pour l'obtention à terme d'une greffe.

Nous étions tous joyeux mais n'imaginions pas encore ce qui m'attendait !

Je marchais de moins en moins vite, ma respiration s'amenuisait de plus en plus certes, mais mon moral et celui de Martine encore plus, je crois. Ma « centrale à béton » était réglée en permanence sur 4 ou 5 litres d'oxygène/minute et 10 pour monter ou descendre les escaliers que je montais péniblement en m'arrêtant plusieurs secondes après chaque marche afin de reprendre mon souffle et éviter les quintes de toux.

Le Professeur MARCHAND-ADAM m'avait prescrit l'un des deux traitements connus au monde susceptible de ralentir la FPI, le nintédanib/ofev, allié à de fortes doses de cortisone. J'étais sous immunosuppresseurs et je devais conserver une activité physique pour continuer à faire quand même travailler mes poumons, ou ce qu'il en restait, et surtout conserver voire augmenter ma masse musculaire, si importante en cas d'intervention chirurgicale. Pour se faire, je me rendais deux fois par semaine en ambulance sous oxygène à 6 à l'Espace du Souffle, un institut au statut associatif qui accompagne à l'aide d'une équipe d'une dizaine de kinésithérapeutes les personnes souffrant de tous types de maladies respiratoires. Mais, malgré l'aide des kinés, je peinais à réaliser les courtes séances de vélo d'appartement durant lesquelles nous montions l'oxygène à 10, seul moyen d'effectuer 40 minutes par séance. J'étais bien incapable de me tenir debout pour effectuer de la gymnastique ou de la marche sur tapis, et force est de constater avec eux que ma situation empirait de jours en jours et que je devenais de moins en moins autonome.

A cette période, je me préoccupe de trouver tous les moyens et outils que je pourrais mettre en œuvre afin de conjurer le sort autant que faire se peut.

Un ami proche de la famille, Hervé, adepte de l'oscillateur à longues ondes multiples, (l'OLOM) dont l'inventeur était Georges LAKHOVSKY*, me propose de tenter l'expérience. Je vais lui rendre visite à trois reprises et passe à chaque fois de l'ordre d'une demi-heure assis sur la chaise avec des faisceaux électriques qui crépitent en permanence de chaque côté de ma tête. C'est pour le moins impressionnant et même si j'éprouve à l'issue de chaque séance un sentiment de bien-être, je ne vais pas poursuivre l'expérience car je suis très vite pris dans le tourbillon des premiers rendez-vous et examens relatifs à l'objectif de greffe potentielle.

Dans le même temps, je reprends contact avec Gérard, un magnétiseur de mes connaissances qui m'avait guéri rapidement et efficacement d'un zona il y a trois ans et avait fait disparaître une épine calcanéenne au pied droit de mon épouse un an après. J'y suis allé à quatre reprises et je percevais à chaque fois la chaleur pénétrer dans mes poumons et une réelle sensation de bien-être et de mieux reprendre l'air pour respirer à l'issue de chaque séance, bien que toujours équipé de ma bombonne à oxygène portative réglée sur un début de 4 l/mn, mais à priori, rien n'y faisait, car très vite, dès l'arrivée à mon domicile ma respiration redevenait haletante. Je mettrai aussi fin à cette expérience à la même époque d'autant plus que Gérard partait en vacances à l'étranger en Mars durant un mois. Je conserverai néanmoins le contact avec lui et n'ai pas manqué plus tard de lui faire part que j'avais entamé un parcours pour une potentielle greffe pulmonaire, ce en quoi il m'avait aimablement proposé de le tenir au courant.

Je recherche, trouve et utilise d'autres approches et d'autres outils dont certains que je maitrisais un peu de par ma carrière professionnelle de Consultant en Ressources Humaines, tels que la méditation, la connaissance de soi, la concentration, le yoga, le développement personnel…

J'écoutais aussi assidument les conseils de Jean, un ami médecin général des armées en retraite qui a quitté la Touraine pour la Bretagne, et qui avait visiblement abordé de près ces sujets dans sa carrière. A chaque fois que je les avais au téléphone avec Isabelle, j'en ressortais grandi et avec des idées nouvelles et des informations à exploiter.

Entre temps, le Professeur MARCHAND-ADAM m'avait aménagé, comme nous en étions convenus un rendez-vous à Paris, à l'hôpital BICHAT avec le professeur MESSIKA. Ce sera pour le 15 Février à 12 h.

Ce sera avec Martine notre premier voyage en ambulance pour Paris. Nous sommes reçus à 12 h 30 par le Professeur Jonathan MESSIKA, homme ouvert et charmant qui procède au traditionnel questionnaire de prise de connaissance de son patient et de son environnement. Il nous sonde également pour s'assurer de notre niveau de connaissance par rapport aux avantages et inconvénients d'une greffe, tant en amont que pendant et qu'en aval de l'opération, et s'assure de notre totale motivation de couple par rapport à notre projet.

Puis il nous explique rapidement la batterie de tests que j'allais subir, certains à Tours quand possible par rapport aux infrastructures hospitalières existantes, et la majeure partie à BICHAT lors d'un séjour d'une petite semaine. Il s'agit de s'assurer que, à mon âge, et malgré le bon premier mini diagnostic positif réalisé à Tours, je n'ai aucune comorbidité. En effet, le moindre « feu rouge » tel que le dit le Professeur MESSIKA, mettrait fin au parcours relatif à une greffe potentielle.

Dur à entendre, mais très clair !

Avant la fin de l'entretien, il en profite pour nous présenter le Professeur Hervé MAL, Responsable médical du Pôle transplantation pulmonaire de BICHAT. Après m'avoir demandé, comme à chaque entretien médical chez les pneumologues, de faire le traditionnel exercice debout/assis sur une chaise sans l'aide des bras afin de valider ma capacité musculaire des membres inférieurs, il me fait me dévêtir pour palper mon buste et de conclure « bien, il est costaud cet homme-là ! ». Je prendrai cette réflexion comme un point positif dans mon bulletin de notes à mettre au crédit de ma candidature.

Avant de prendre congé, tous les deux me réitèrent l'intérêt de rester musclé dans l'hypothèse d'une greffe, que la décision de l'équipe devait être consensuelle et qu'ils me rendraient réponse sous quarante- huit heures. Le Professeur MESSIKA nous accompagnait jusqu'aux ascenseurs et tout en le saluant je lui réitérais ma forte motivation, ma forte capacité à respecter les consignes, mon envie de gagner avec lui, ainsi que notre conscience des enjeux avec mon épouse et mes enfants.

Nous reprenions l'ambulance pour Tours, satisfaits de notre rendez-vous, mais alors que nous nous imaginions repartir avec une décision, nous repartions dans l'attente d'une réponse à venir, réponse que le Professeur s'était engagé à nous donner sous quarante-huit heures.

Nous rentrons à notre domicile le mardi, en soirée et nous empressons de faire le compte rendu à nos enfants en leur faisant part de notre relative satisfaction et aussi de notre déception de ne pas être revenu avec des certitudes, mais « wait and see »

Mais que l'attente fût longue, car quarante- huit heures après, soit le jeudi soir, nous n'avions toujours pas de réponse..., mais par respect et par souci d'élégance et de savoir vivre à l'égard du Professeur, nous n'allions quand même pas oser le relancer ; nous le ferons éventuellement si nous sommes sans réponse vendredi après-midi.

Après trois jours d'attente insoutenables, nous attendions le verdict, tel qu'au tribunal en attente d'un jugement, et là tous nos espoirs reposaient sur une réponse positive du Professeur, et nous passions nos jours et nos nuits à ne parler que de cela, à envisager le meilleur, « le go » et le pire, « le no go ».

Que les journées et les nuits sont interminables dans ces cas-là, à ne parler que de cela tous les deux trop souvent...

Nous sommes le vendredi 18 Février, il est 13 h 30, mon téléphone sonne et affiche un no masqué. Je décroche..., c'est le Professeur MESSIKA qui me confirme de suite que lui et son équipe sont OK pour que nous poursuivions la démarche ensemble. Je peine à respirer, j'en ai le souffle coupé, j'ai une voix haletante et saccadée, je me retiens pour ne pas craquer et pleurer, il comprend bien mon émotion, je le remercie très chaleureusement et lui dis que je ne le décevrai pas. Il me réitère sa prudence et fait à nouveau référence aux feux rouges susceptibles de mettre fin au processus à tout moment, puis nous prenons congé.

Ça y est, nous étions fous de joie avec Martine qui avait tout entendu, une nouvelle étape était franchie. Pour reprendre l'image du Baccalauréat, j'allais maintenant intégrer le cycle Universitaire et/ou la grande Ecole et j'avais réussi brillamment le concours d'entrée. C'est l'image que j'allais utiliser en m'empressant d'appeler les enfants.

C'est à ce moment-là que mon fils Vincent m'offrait un vélo d'appartement et je ne passais pas une journée sans en faire, au prix de nombreux efforts, certes, mais j'avais tellement compris à quel point il me fallait arriver musclé à toutes les épreuves qui m'attendaient, que j'avais une volonté inébranlable de mettre toutes les chances de mon côté. Motivation et persévérance étaient de rigueur et je m'établissais un tableau de suivi pour suivre au jour le jour mes piètres performances, mais performances quand même !

*Georges LAKHOVSKY, inventeur, écrivain, ingénieur français 1870/1942 inventeur de L'OLOM (oscillateur à longues ondes multiples)

Ėvoquer et penser à la fin !

Avec Martine, nous commencions à faire le deuil des causes que nous ne connaîtrions jamais et échangions de plus en plus par rapport aux traitements administrés, sur les chances d'une rémission potentielle utopique, et nous nous sommes rendus très vite à l'évidence. De manière réaliste il y avait lieu d'envisager mon décès potentiel à très court terme !

C'est sans doute à ce moment que Martine a franchi un seuil supplémentaire dans son état dépressif. Non seulement, elle me voyait peiner à respirer et à reprendre mon souffle car je n'avais pas encore appris à respirer par le ventre avec les kinésithérapeutes, mais j'étais aussi parfois en stress intense envahi par la crainte de ne plus pouvoir aspirer de l'air, par la crainte de suffoquer…, et ce stress déteignait sur elle en la rendant très inquiète en me voyant dans un tel état de panique. Elle comprenait bien que le pire était devant nous.

Dans ces moments, on pense au pire et le pire, c'est la mort !

Alors, nous avons mis non sans mal tout ou presque tout « sur la table », même si je pense que cela a été plus difficile pour elle que pour moi ; ou alors, peut-être que je le montrais moins, même si les deux psychologues que j'ai rencontrées plus tard m'ont reconnu une bonne capacité à encaisser et faire le deuil…. Il n'en reste pas moins vrai que j'étais pris de nombreuses crises d'angoisse, et que je pleurais beaucoup, beaucoup …, souvent en cachette.

Nous nous sommes donc livrés à l'exercice qui consiste à tout prévoir en cas de décès potentiel de ma part, depuis le lieu de la cérémonie religieuse, et le lieu de ma sépulture au cimetière du village de notre maison familiale, à la campagne.

En pensant à l'organisation matérielle de ma fin de vie, j'ai d'abord pensé à Martine, en lui disant à elle comme à mes enfants, qu'en cas de décès, le plus embêté dans cette histoire, ce n'est pas celui ou celle qui part, mais ce sont ceux qui restent. Et nous avons tout calé en ce sens en recevant ou en organisant des réunions téléphoniques, Covid oblige, mais quand même aussi en présentiel à notre domicile avec nos interlocuteurs banquiers, assureurs, et notaire, afin de nous assurer que tout était en ordre. Cela m'a pris du temps et m'a paradoxalement changé un peu les idées, m'a même un peu déculpabilisé de quitter cette belle terre, en me disant que ce que nous avions décidé avec mon épouse était bien pour elle, certes, mais aussi pour notre famille, et pour nos enfants et petits-enfants. En quelque sorte, la satisfaction du devoir accompli, et bien accompli ! Et je pense que nous sommes ressortis de cette phase renforcés et en osmose totale.

Je m'étais préparé à la mort, je n'en avais plus peur, et je pense que les préparatifs m'avaient aidé à vaincre cette peur, m'avaient comme libéré. La vie vaut bien d'être vécue certes, mais à mon sens, la mort vaut d'être préparée par amour et par respect à l'égard de celles et ceux qui restent. C'est bien d'ailleurs la raison pour laquelle j'ai toujours été partisan de l'accompagnement de fin de vie et du suicide assisté.

C'est d'ailleurs bizarre comme la maladie peut à un tel point changer notre vision du monde et de notre entourage. C'est bizarre comme mon regard s'attendrit d'un seul coup pour observer une mésange dans l'olivier qui donne devant la porte fenêtre du séjour, la couleur du ciel ; je me suis même surpris à contempler les étoiles depuis ma fenêtre de chambre à la clinique, en cherchant la Petite Ourse et la Grande Ourse, chose que je n'avais pas faite depuis des années.

C'est aussi à cette époque que j'ai pris conscience du rôle de l'accompagnant qui subit aussi la maladie sans la ressentir dans sa chaire certes, mais qui doit encaisser les effets collatéraux sans savoir ou pouvoir agir. Il est du jour au lendemain témoin de souffrances auxquelles il souhaite pallier, avec la volonté de bien faire alliée à un sentiment d'impuissance parfois, en se montrant compatissant tout en ne traduisant pas non plus toute son inquiétude par rapport au patient et en gardant pour lui.

Martine était dans cette situation et j'ai bien cru qu'elle allait décrocher en ce début d'année 2022. Et puis, son traitement pour la dépression et surtout la présence physique et téléphonique de nos enfants qui ont fait preuve d'une telle générosité l'ont énormément aidée. Pour ma part, quand je l'observais, elle m'inquiétait parfois et j'étais bien conscient de la piètre image que je lui renvoyais tout en étant impuissant. Je lui disais en permanence qu'il fallait « jouer l'équipe et qu'il n'était pas question qu'elle décroche et que nous allions gagner ensemble… ». Et il faut reconnaître qu'avec moi et au prix de nombreux efforts, elle s'est bien attelée à suivre et à se passionner pour les épreuves du parcours du combattant qui étaient à venir.

Que je lui suis reconnaissant pour la patience et l'affection qu'elle a déployées à mon égard et pour le courage dont elle a fait preuve, en associant aussi nos enfants qui ont été si proches, si affectueux et si aidants.

Et puis j'ai redécouvert, nous avons redécouvert avec Martine, après quarante-sept ans de vie commune, le fait de se dire « je t'aime » plus souvent et d'échanger des mots plus sensuels dans nos sms.

Et puis, Covid et crainte d'attraper le moindre virus obligent, comme tout le monde autour de nous, nous ne nous embrassions plus, et je me suis surpris en lieu et place des bisous traditionnels, à étreindre mes enfants et petits-enfants, ainsi que mes amis. Je parle bien d'une étreinte, pas d'une accolade, mais d'un geste fort où on s'enlace, on se passe la main dans le dos, sur les épaules, on se sert fort l'un contre l'autre, on soupire ensemble..., c'est une relation fantastique, selon moi plus porteuse d'amour et d'intensité amicale qu'une simple bise ou une poignée de main. Essayez, vous verrez !

Et puis, je me suis aussi rendu compte que j'ai dit « je t'aime » à mes enfants et petits-enfants, chose que je ne me souviens pas avoir dite auparavant car ce n'est pas spécialement inné chez nous et sans doute lié à notre culture familiale, même si quand j'en parle maintenant autour de moi, ce n'est pas si simple de dire « je t'aime » ! c'est sans doute le fait d'être guidé par la proximité de la mort qui nous rend plus expressif dans notre relation à l'autre et plus pressé de faire ressentir à notre entourage tous les sentiments qu'on éprouve avec le sentiment de ne pas lui avoir suffisamment montré ou démontré notre vie durant. Comme si nous étions guidés par la crainte de partir sans lui avoir dit suffisamment. Nul doute qu'il, qu'elle se souviendra de ces moments-là quand je serai parti !

Si j'ai la chance de m'en sortir, il faudra que je conserve cette belle habitude !

Chambre 13

Nous sommes le 23 Mars, il est 14 h, nous avons effectué le trajet en ambulance depuis Tours et j'arrive à l'hôpital Bichat en brancard avec mon oxygène à 6 dans les narines.

Après un rapide passage à l'accueil, j'avais pris la précaution de me pré- enregistrer, les deux ambulancières qui me connaissaient bien maintenant et avec qui j'avais sympathisé, Caroline et Aline, m'emmenaient pour prendre possession de ma chambre.

Nous patientons un long moment devant les ascenseurs, et le personnel présent ne manque pas de nous signifier que BICHAT est connu pour son attente des ascenseurs…, à l'expérience, je pense que ce n'est pas seulement le cas de BICHAT ! mais passons.

Le hall a l'air vieillot, les couleurs des murs, mélange de marron et orange sont non seulement passées de mode mais aussi bien ternies avec l'âge. Une conversation surprise entre trois membres du personnel du service brancardier relative à leurs conditions de travail, dont ils parlent à haute et intelligible voix, ne traduit pas une grande ambiance en matière de communication inter services et de climat social. Avec nos deux ambulancières, nous ne disons mot en nous regardant quelque peu stupéfaits et entrons enfin dans l'ascenseur, direction le 9ème étage ouest.

Nous sommes très aimablement accueillis par le personnel qui indique mon numéro de chambre : ce sera la chambre n° 13 !

« Chambre 13 ! »…, réagissent quasiment en même temps Caroline et Aline, c'est bizarre que dans un hôpital on conserve ce chiffre 13 avec toutes les croyances et superstitions qui y sont liées, certains croyant y voir le signe du porte bonheur et d'autres le signe du porte malheur. Je ne réagis pas trop, mais au fond de moi-même, je me dis qu'elles n'ont pas tout à fait tort, et vu ma situation et compte tenu des enjeux de la semaine à venir, j'avoue que leur remarque m'a trotté dans la tête quelques instants.

J'arrivais à BICHAT et je jouais très gros durant cette semaine. En fait, à plus de 69 ans, je jouais ma vie car au sortir de cette chambre, à la fin de la semaine, je saurai si ce chiffre 13 m'aura porté bonheur ou malheur !

Oui, car j'intégrais BICHAT pour un check-up de santé complet et à l'issue de la semaine, l'équipe médicale dirigée par le Professeur MESSIKA se prononcerait sur le diagnostic ; à savoir que si mon corps était parfaitement sain, sans comorbidités, sans aucun « feu rouge » terme imagé que le professeur utilisait fréquemment, je pouvais être éligible à une greffe pulmonaire, seule chance de survie pour moi car compte tenu de la brutalité de la maladie et de sa cadence de progression, j'étais condamné à mourir très prochainement de ma fibrose pulmonaire idiopathique.

Une fois rentré dans la chambre, le cadre était peu ou prou similaire à celui du hall d'ascenseurs, les mêmes couleurs vieillottes et vieillissantes marron et orange, des murs avec des taches qui ne dataient pas d'hier, des portes d'armoire avec des restes d'autocollants, un peu dans tous les sens, des panneaux d'affichage vétustes, pleins de vieux morceaux de scotch et dignes des locaux des comités d'entreprise des années 1960…, des poubelles non vidées qui alliées aux poussières, moutons et miettes jonchant le sol par endroits, me faisaient penser que la chambre n'avait vraisemblablement pas été nettoyée avant mon arrivée.

Conscientes comme moi de l'environnement, Caroline et Aline m'aidaient à descendre du brancard, en même temps qu'elles découvraient qu'il n'y avait pas de douche dans la salle de bain, elle aussi marron et orange. Elles resteraient quelques instants pour me tenir compagnie et j'ai eu le sentiment au travers de leur attitude et de leur regard qu'elles éprouvaient peut-être de la pitié à mon égard par rapport au cadre ambiant, à rapprocher des enjeux de la semaine que j'avais eu l'occasion de leur faire partager durant nos 2 h 45 de trajet puis, elles décidèrent de partir, l'une d'entre elles, Caroline, me lançant : « nous, on y croit, vous êtes un mec, euh…, un Monsieur super et vous allez vous en sortir…, nous les ambulancières avec nos collègues, on vous aime bien ! »

Je les ai vivement remerciées pour leurs propos, pour leurs encouragements, pour leur écoute et pour tout, puis la porte s'est refermée !

Je me suis assis sur mon lit et me suis mis à pleurer toutes les larmes de mon corps. Je venais d'être touché au plus profond de moi-même par la gentillesse de personnes que je connaissais à peine et qui me traduisaient toute leur sympathie en me sachant dans le doute et dans la crainte face à mon destin.

Cette séquence restera gravée à jamais dans ma mémoire et je profite de l'instant présent pour les en remercier par écrit, ainsi que toutes celles et ceux qui m'ont véhiculé durant toute cette période, même si j'aurai l'occasion de le leur redire autrement plus tard car si je m'en sors, je leur ai promis d'organiser un verre de l'amitié à mon domicile.

Le jeudi noir

Je suis matinal et je me lève régulièrement vers 6 h 30 du matin, persuadé que je suis plus efficace le matin et que « l'avenir appartient à ceux qui se lèvent tôt ».

Avec la maladie, n'ayant pas trop souffert du manque de sommeil contrairement à d'autres personnes, semble-t-il, et étant alimenté en permanence par à minima 4 l d'oxygène même la nuit, j'étais fréquemment réveillé dès le lever du soleil à 4 h 45 voire 5 h du matin par le magnifique chant des oiseaux. J'avais repéré cela à l'hôpital BICHAT et en ai eu la confirmation une fois rentré à mon domicile. Que ce soit autour du périphérique parisien, à BICHAT au milieu des tours et du trafic routier qui débute à cette heure-là, ou dans ma demeure en Touraine, où je suis plus entouré d'arbres et de verdure, le chant des oiseaux, à cette époque de l'année est calé sur les mêmes horaires et peu ou prou agrémenté des mêmes sons, même si je suis bien incapable de les reconnaître. J'identifie à l'oreille que c'est le même copié-collé musical à la fois doux et strident, enchanteur et reposant. Il sonne et raisonne tel un concert fait de moulte cris et va durer rarement au-delà de 5 h 30 du matin ; il s'arrête quasiment en même temps que le jour est levé. Et ensuite, plus rien, que nenni, c'est le brouhaha permanent de la ville qui prend rapidement le relais comme si les oiseaux avaient pris du plaisir avant, comme un bain de jouvence, comme une grande récréation matinale pour ensuite disparaître, s'éparpiller pour vaquer à d'autres occupations peut être plus solitaires, car à n'en point douter, pour faire un tel vacarme à cette heure-ci, ils devaient d'une manière ou d'une autre avoir sonné le ralliement pour être si nombreux.

Eh bien oui, je me suis bizarrement raccroché à ce moment de vie que je découvrais pour la première fois ; et j'y ai éprouvé du plaisir à un point tel qu'à la suite, j'entrouvrais systématiquement la fenêtre de ma chambre tôt le matin et m'allongeais sur mon lit pour assister au concert que ce soit à l'hôpital ou à mon domicile quand le temps le permettait.

J'avais trouvé là un moyen agréable et positif pour démarrer ma journée et me donner la pêche !

Dès mon arrivée j'avais demandé le programme des festivités à une infirmière qui s'empressa de me le faire passer le « Bilan de pré-transplantation pulmonaire » sous la forme de deux photocopies sur un papier verdâtre, qui recensait pas moins de 32 rubriques et rendez-vous, faites d'examens dont je découvre les noms barbares pour la première fois, d'analyses, d'entretiens, de consultations… à réaliser durant ces six jours.

Compte tenu de la densité et du rythme du programme, je compris très vite qu'il allait être très compliqué pour Martine et les enfants de me rendre visite, d'autant plus que ces dernières étaient contingentées, à cause du Covid, à une personne à la fois et à certains horaires.

Toute la famille allait vivre au rythme de mes examens, de mes entretiens. Aussi à l'issue de chacun d'entre eux, et quand je pouvais avoir l'information par rapport aux résultats, je m'empressais d'envoyer de l'information sur le groupe WhatsApp famille pour rassurer tout le monde ou quelquefois leur faire part de mes doutes par rapport à un feu rouge potentiel, et chacun, chacune de me répondre sous forme de sms ou smileys pour me féliciter à chaque obstacle franchi et m'encourager pour la suite.

Cela faisait maintenant cinq jours que j'occupais la chambre 13 et j'allais y rester une bonne semaine à cause du week-end qui était fatalement réducteur pour venir à bout de tout ce parcours du combattant.

J'enchainais les bilans pulmonaires, tests d'effort et de marche, scanners divers et variés, scintigraphie, échographie cardiaque, coronographie, doppler, ostéodensitométrie, etc… jusqu'aux nombreux entretiens avec la psychologue, l'assistante sociale, les psychiatres, les kinés avec des tests musculaires, la diététicienne, les gériatres pour des tests ALZHEIMER, les anesthésistes et le Professeur Yves CASTIER, Responsable du Pôle chirurgical pulmonaire.

Lorsque l'examen était réalisé par un docteur, je faisais de sorte d'obtenir le débriefing immédiatement de telle sorte de pouvoir partager l'information sur le groupe WhatsApp famille. Lorsque les examens étaient réalisés par du personnel médical, les résultats m'étaient souvent communiqués par la visite du médecin dans ma chambre.

Cette attente du résultat était incroyablement éprouvante, source de stress permanent par crainte du feu rouge, telle une épée de Damoclès au-dessus de la tête, et faisait à chaque fois l'objet de longs échanges téléphoniques avec Martine, avec les enfants et de nombreux sms avec certains proches…et l'ascenseur émotionnel faisait du « yoyo » en permanence !

Pour chaque examen je me déplaçais en fauteuil roulant, équipé d'oxygène et poussé par un brancardier. Lors de ces entretiens, j'avais le sentiment d'être observé et analysé en permanence, jaugé par rapport à mon état physique, psychique et motivationnel, ce qui, somme toute faisait aussi partie du diagnostic.

J'allais bientôt connaître les couloirs de BICHAT par cœur, et compte tenu des délais d'attente lors des examens, et fidèle à mon habitude, je n'étais pas le dernier à lier la conversation soit avec des patients, soit avec les brancardiers. A ce sujet, il me revient à l'esprit une anecdote pour le moins croustillante et teintée d'humour noir que j'ose raconter ici.

Ce jour-là, j'étais accompagné d'une interne de troisième année de médecine qui faisait office de brancardière compte tenu du délai d'attente de ces derniers, ce qui était souvent le cas et fort déplaisant d'ailleurs. Nous attendions patiemment devant la salle d'examens, moi dans mon fauteuil roulant et elle à mes côtés, et je lui faisais part de mes interrogations relatives au don d'organe, au fait que j'espérais bien être greffé et que je me demandais comment j'allais vivre cette situation ensuite, etc…, lorsqu'une dame d'une quarantaine d'année qui visiblement accompagnait sa Maman dans la file d'attente s'est mêlée à notre conversation. Elle me fait part du fait qu'elle a été elle-même greffée du pancréas et d'un rein, ce en quoi je la félicite. Puis elle renchérit en m'expliquant qu'avant son opération, elle se posait les mêmes questions que moi relatives à la provenance et à l'arrivée d'un organe étranger dans son corps, mais qu'après l'opération, elle n'y pensait même plus. Je la remercie pour ses informations et lui dis que si j'ai la chance d'être greffé, j'ai la ferme intention d'écrire à la famille du donneur et je lui demande si elle l'a fait. Et cette charmante dame de me répondre : « Eh bien non, je ne lui ai pas écrit, de toute façon cela n'aurait servi à rien, il (elle) était mort (e) ! ».

L'interne et moi-même nous sommes retenus pour ne pas nous esclaffer, avons eu un léger rictus à peine décelable derrière nos masques, puis j'ai été appelé pour mon examen et nous avons pris congé de ces deux dames. Nous en avons bien plaisanté sur le chemin du retour dans les étages et n'avons pas manqué d'en faire profiter quelques membres du personnel du 9ème OUEST.

Et puis il y a eu ces entretiens qui resteront gravés dans ma mémoire, dont deux d'entre eux en particulier.

- celui avec un médecin anesthésiste grand, svelte avec une légère barbe, dont je n'ai pas retenu le nom, à qui je racontais à sa demande l'histoire rapide de ma maladie tout en lui faisant part de mes efforts physiques actuels avec du vélo, entre-autres, pour me muscler ainsi que des bons résultats de mes tests cardiologiques. Il me demanda de me dévêtir pour effectuer le traditionnel test debout/accroupi que je réalisai avec succès malgré l'essoufflement intense mais il voulait surtout observer ma capacité musculaire et je le voyais rassuré. Puis il me dit être venu pour « se faire une idée » et de me dire en esquissant un léger sourire perceptible derrière son masque « c'est bon, j'ai ma petite idée ». Puis il a tourné les talons et a quitté la chambre en me disant à demain. Je suis resté muet et pour le moins surpris, et j'étais bien décidé après réflexion à lui demander dès le lendemain de quelle idée il s'agissait..., mais en vain car il ne reviendra pas dans ma chambre le lendemain.

- puis il y a eu ces entretiens avec une Docteure relatifs à mon taux de glycémie, et le lendemain, à nouveau une réunion avec elle et une autre Docteure accompagnée de deux internes où elles insistaient à nouveau par rapport à mon taux de glycémie qui venait d'augmenter récemment de manière anormale et qui leur posait visiblement question. Elles me questionnèrent longuement par rapport à mon régime alimentaire récent, une éventuelle consommation de produits sucrés, d'alcool, mon traitement immunosuppresseur à base de cortisone, mon niveau d'information par rapport aux risques de cancer, de gangrène, etc..., et ont semé le doute dans mon esprit sans que je sache ou ne comprenne vraiment l'objet de leurs investigations. Et je ne pouvais que leur réitérer ma surprise car j'avais jusqu'à maintenant toujours eu un taux de glycémie limite certes, mais dans la norme. Et je leur faisais comprendre que j'étais bien conscient des risques et effets secondaires potentiels engendrés par les traitements à venir... mais que je n'avais pas d'autre choix !

Toujours est-il que lorsque vous êtes sous stress comme cela était mon cas et que vous jouez votre greffe ou pas sur un seul feu rouge, de tels entretiens suffisent, croyez-moi, pour vous mettre dans un état de panique intense et pour vous empêcher de dormir une bonne partie de la nuit qui suit.

C'était une question de vie ou de mort et je jouais ma vie !

A ce stade de mon parcours du combattant, j'avais depuis la veille, un seul feu orange qui clignotait relatif à une légère contraction de l'artère mésentérique supérieure qui en cas d'opération pourrait nécessiter la pose d'un stent, mais j'avais été rassuré dès le lendemain par le Professeur Yves CASTIER qui m'avait confirmé que pour lui, ce n'était pas rédhibitoire et qu'il était en capacité de régler ce problème.

Nous étions le mercredi après-midi, ma semaine de bilan touchait à sa fin et je faisais le point avec Martine le soir même par téléphone en lui faisant part à la fois de mon optimisme, mais aussi de mes inquiétudes relatives aux entretiens que je viens de citer et qui avaient un instant semé le doute dans mon esprit.

Autre élément inquiétant, je n'avais pas eu, alors qu'elle était prévue au planning de la semaine, la visite de l'infirmière de Coordination, l'IDC, qui a un rôle crucial dans la démarche et avec qui j'aurais dû passer pas moins d'une heure trente à détailler son rôle, les détails de l'opération, le suivi post opératoire, etc…

Nous sommes le jeudi 31 Mars. Je pense savoir que toute l'équipe médicale s'est réunie la veille mais je n'ai pas eu de réponse le mercredi soir. Je suis dans un état d'excitation extrême et j'ai déjà eu Martine à deux reprises au téléphone. Il est 9 h 30, ça frappe à la porte et le Professeur MESSIKA entre accompagné de deux Docteures et d'un interne. Je suis assis dans mon fauteuil, dos au mur, avec mon lit à ma gauche et la vue sur la Tour Eiffel par la fenêtre à ma droite. Après m'avoir salué, je les vois s'avancer vers moi rapidement, silencieusement, guère souriants, le Professeur MESSIKA en tête vient debout en face de moi et prend très vite la parole : « bon, Monsieur GONZAGUE, nous n'avons pas une bonne nouvelle à vous annoncer, vous ne serez pas greffé à BICHAT ! »

D'un seul coup, d'un seul, le monde s'écroule sous mes pieds, j'encaisse le coup, j'ai les yeux très humides et sans doute le teint blême. Je suis rempli d'effroi car j'ai bien compris que mes espoirs de greffe s'envolaient…

Je suis sidéré, je reste stoïque, laisse passer quelques secondes, histoire de reprendre le peu de respiration qui me reste, puis je prends la parole : « mais Professeur, je ne comprends pas, tous les feux étaient pourtant au vert ? » et le Professeur de me répondre « certes, mais malgré votre bon état général et votre forte motivation, du fait de l'atteinte athéromateuse d'une artère certes opérable, alliée à votre âge de 69 ans passés, etc., etc… Le bénéfice-risque n'est pas retenu et mon équipe a décidé de récuser votre candidature. »

Je savais qu'il fallait toujours une décision consensuelle de toute l'équipe et visiblement ma candidature n'avait pas fait l'unanimité. Je comprends bien que cela s'est joué à peu de chose. Je reprends mes esprits, je reste posé, calme, courtois et leur dis en les regardant que j'accepte leur décision, que je les remercie pour leur accueil et que j'ai grande confiance en eux car ce sont eux « les Hommes et les Femmes de l'Art », puis je leur lance en les regardant dans les yeux : « mais, comprenez-moi, j'étais venu avec un nouveau projet de vie pour moi et mon épouse et je repars avec mon projet de mort car je n'ai pas fait d'études de médecine mais je sais compter et au rythme où cela va, si j'en crois mes derniers examens je perds 5 % de capacité respiratoire/mois, et si cela ne s'arrête pas, je pense ne plus être de ce monde au 15 Octobre prochain ! »

Il s'en suit un grand silence où ils baissent la tête un court instant, puis je reprends : « alors dites-moi Professeur, je vais bien, mon état général est sain..., et malgré tout, je ne serai pas greffé. Que vais-je dire à mon épouse, à mes enfants, à mes amis ? Quelles explications vais-je leur donner ? »

Le Professeur me répond qu'il comprend bien et il me propose immédiatement de rencontrer mon épouse et mes enfants pour échanger avec eux sur le sujet, même dans la matinée si nécessaire, ce que je lui dis apprécier. L'atmosphère devient petit à petit moins pesante après le passage du typhon et je lui demande quelles peuvent être les solutions alternatives. C'est à ce moment-là qu'il évoque la possibilité de faire examiner mon dossier par d'autres confrères de l'hôpital Marie LANNELONGUE ou de l'hôpital FOCH.

Puis nous convenons que j'appelle mon épouse et mes enfants pour le rencontrer d'ici la fin de la matinée et toute l'équipe visiblement bien embarrassée prend congé et quitte ma chambre en me saluant et en me souhaitant « bon courage », je crois.

Sitôt la porte fermée, je m'empresse d'appeler Martine qui attendait le verdict chez notre fils Romain, celui qui habite Suresnes. Je suis tellement pressé d'organiser cette réunion que je n'y vais pas par quatre chemins, je demande rapidement à Martine si Romain est disponible et auprès d'elle, ce qu'elle me confirme et lui demande de mettre en route la fonction haut-parleur de son portable, puis je leur annonce la mauvaise nouvelle. Ils sont bien évidemment atterrés et j'entends Martine fondre en larmes. Je leur donne les informations que je viens de relater et nous convenons qu'ils pourront être à BICHAT pour 11 h 30 ; puis je raccroche pour appeler Vincent qui lui non plus ne s'attendait pas à une telle nouvelle et tombe de haut, puis me confirme qu'il pourra aussi être là pour 11 h 30.

Puis tout va très vite, je reste allongé un bon moment sur mon lit dans un état second, j'ai les yeux tuméfiés, je m'habille car j'avais reçu l'équipe médicale en pyjama et nous devons quitter la chambre ensuite, je rassemble tant bien que mal mes effets, trousse de toilette..., et finis de remplir mon sac de voyage lorsque Martine avec nos fils entrent dans ma chambre, tous trois la mine défaite et les yeux humides. Nous nous faisons de fortes accolades ensemble en sanglotant. Ils ne sont pas dupes et savent bien que je viens de perdre un combat dont on connait l'issue. Nous avons à peine le temps d'échanger quelques mots que le Professeur MESSIKA arrive, nous salue et nous propose de le suivre les uns derrière les autres, pendant que je les suis dans les couloirs du 9ème OUEST, pas à pas, à mon rythme sans doute encore plus ralenti que d'ordinaire, toujours équipé de mon chariot et ma bouteille d'oxygène. Nous sommes arrivés, il nous invite à pénétrer dans la salle. Elle est vaste, impersonnelle, voire un peu glauque et les tables très espacées les unes des autres. Nous prenons place sans ordre préétabli et je me retrouve ainsi en face du Professeur, mais à au moins quatre à cinq mètres de lui et à autant de distance de Romain à ma droite, Martine au milieu même si j'aurais préféré l'avoir plus près de moi, et Vincent entre Martine et le Professeur. Je le remercie d'abord pour avoir proposé de nous recevoir puis lui laisse la parole et il prend le temps de nous expliquer ce que j'avais déjà entendu précédemment dans ma chambre. Durant ses explications, j'avais sorti comme souvent mon cahier et prenais vainement quelques notes et la discussion s'engagea assez rapidement concernant mon état et la suite de la maladie qui gagnait de plus en plus de terrain. Le Professeur évoqua la suite avec les traitements que nous connaissons et que je prends actuellement jusqu'à l'hypothèse des soins palliatifs. Cela réveilla l'assistance et Romain en particulier qui prit la parole pour dire au Professeur qu'il parlait sous le contrôle de son Père et de sa Mère, mais que sauf erreur, cette hypothèse ne serait pas à l'ordre du jour et il me lança un « euh, Papa, on est bien d'accord ? » que je validais de suite en leur disant que j'étais trop fier pour partir diminué, ce en quoi ils acquiescent de concert.

Puis je demande au Professeur MESSIKA d'évoquer les autres hypothèses. Je comprends bien à la fois son embarras de ne pas donner suite à ma candidature et son envie de nous aider à trouver une solution. Je comprends bien aussi que sa conscience professionnelle, alliée sans doute aussi au serment d'Hippocrate nécessite de sa part de s'entourer ou de m'orienter vers d'autres interlocuteurs pour un second avis et il nous propose de nous organiser un entretien avec l'un de ses confrères soit sur FOCH, soit sur Marie LANNELONGUE. Nous connaissons les deux établissements qui ont tous deux excellentes réputations et choisissons FOCH qui a en plus de sa réputation l'avantage de se situer à deux minutes de chez notre fils Romain. Puis nous nous levons et mettons un terme à notre réunion, le Professeur nous raccompagne jusqu'à la porte, je le remercie vivement pour son écoute et ses efforts, lui dis de transmettre encore une fois tous mes compliments à ses équipes. Je distingue perceptiblement ses yeux qui « piquent » un peu, nous faisons un check avec le poing et une accolade forte en émotions, je suis en pleurs, et lui redis Merci, Merci !

Avec le recul, je comprends à quel point ce ne doit pas être une tâche facile pour eux d'affronter une telle situation. J'imagine à quel point il faut que le Professeur soit fort pour avoir l'aplomb et le sang-froid nécessaires à l'instant T pour annoncer une mauvaise nouvelle à son patient. J'avais déjà ressenti la compassion dont il faisait preuve dans ma chambre avec toute l'équipe, et là, j'avais compris sa véritable envie de nous en sortir qui se traduisait tant par son attitude physique, que par son visage et la tiédeur de sa voix.

Je comprends mieux aussi, compte tenu du nombre de patients qu'ils rencontrent pourquoi ils sont quasiment dans l'obligation, de mettre des barrières dans la relation avec leurs patients afin de ne pas tomber dans l'affectif et de surtout se protéger eux-mêmes. J'imagine à quel point l'exercice qui consiste à ne pas s'attacher à son patient est difficile quand on sait que s'ils ont choisi cette profession, c'est sans doute parce qu'ils sont, à la base, fondamentalement empreints d'humanisme.

Puis Vincent et Romain iront à la chambre récupérer mon sac de voyage et les bulletins de sortie pendant que Martine et moi-même attendons l'ascenseur et nous retrouverons au rez de chaussée pour y retrouver nos ambulanciers qui à la vue de nos mines et à nos propos comprennent vite là où nous en sommes. Nous nous quittons en remontant dans l'ambulance avec Martine, un dernier regard aux enfants en nous disant que nous allions croiser les doigts pour un nouveau rendez-vous à FOCH et que tout n'était pas perdu.

C'était le jeudi noir !

… le jeudi rose…

Il était environ 13 h et nous étions avec Martine dans l'ambulance toujours aussi glauque, silencieux, nous tenant la main, en direction de notre Touraine. Nous sommes entre Vélizy et la barrière de péage de St Arnoult lorsque mon portable sonne avec « appel masqué ». Le temps que je retrouve mon téléphone, que je le sorte de ma poche…et je manque l'appel. Quelques instants plus tard, je reçois un appel d'un 01…, que j'identifie comme un numéro parisien et je décroche. Il s'agit de l'assistante du Professeur ROUX, du service de transplantation pulmonaire de l'hôpital FOCH qui m'appelle de la part du Professeur MESSIKA afin de me fixer un rendez-vous rapidement. Nous calons la date du 7 Avril à 11 h 30. Nous nous disons que le Professeur MESSIKA a été pour le moins réactif et nous réjouissons à l'idée que nous allions pouvoir avoir une seconde chance. Nous n'avons pas le temps d'appeler nos fils que, quelques instants plus tard, j'ai à nouveau un appel masqué que je m'empresse de prendre. Et, surprise, à l'autre bout du téléphone, le Professeur MESSIKA qui m'indique avoir eu un bon moment le Professeur Antoine ROUX de FOCH au téléphone qui est d'accord pour me recevoir. Je commence par le remercier et lui indique que le rendez-vous vient tout juste d'être fixé pour le 7 Avril. Le Professeur ROUX avait sans doute déjà eu suffisamment d'informations sur ma candidature car d'un commun accord, la condition sine qua non de la pose d'un stent, mon fameux feu orange était évoqué. On me proposait une date optionnelle d'intervention en bloc opératoire en cas de réponse positive de FOCH par rapport à ma candidature pour la pose du stent, et avec le Professeur MESSIKA nous calions la date optionnelle d'intervention au 14 Avril prochain, à BICHAT, par le Professeur CASTIER que j'avais déjà rencontré et qui connaissait bien mon dossier.

Il va sans dire que le paysage s'éclaircissait et que, après quelques kilomètres en ambulance, on entrevoyait une éclaircie et nous décidons d'organiser immédiatement un Face Time avec nos fils depuis l'ambulance. Nous nous réjouissons tous ensemble de la bonne nouvelle, et bien qu'euphoriques, nous restons conscients que tout reste à recommencer, mais le moral est bon et tous m'encouragent en me disant que j'allais gagner et je les rassure en leur disant à quel point j'allais continuer à me battre.

Je me souviendrai longtemps de cette séquence FaceTime où je retrouvais mes enfants et Martine à mes côtés avec le sourire retrouvé par rapport à la tête qu'ils faisaient 3 heures avant, accompagné de tous leurs encouragements « on va gagner, tu vas y arriver, tu vois Papa, ça va le faire !... »

Ah, que c'est beau d'être Papa !

FOCH : ça passe ou ça casse ?

Nous sommes le 31 Mars, nous allons jouer très gros aujourd'hui car c'est notre ultime chance pour rester dans la course à la greffe !

Après une nuit infernale où nous peinons à trouver le sommeil et échafaudons toutes les hypothèses y compris les plus saugrenues, nous sommes fin prêts dès 8 h, heure d'arrivée des ambulanciers à notre domicile. Malgré nos demandes régulières, nous n'avons que deux fois effectué le trajet dans des ambulances avec baies vitrées pour partie par des vitrophanies qui nous permettaient de voir un peu le paysage ; et nous constatons que nous allons encore faire le trajet de deux heures trente à trois heures dans un véhicule qui ressemble plus à une camionnette d'artisan ou à un capharnaüm sur roues doté d'une seule petite baie vitrée qui nous permettait tout juste d'entrevoir la couleur du ciel.
Heureusement pour nous que l'amabilité de tout le personnel ambulancier qui nous a pris en charge durant ces neuf mois venait compenser pour partie la causticité de l'habitacle.

Nous arriverons à bon port, il est 11heure, et nous sommes reçus par le Professeur Antoine ROUX, homme très aimable, très ouvert et à notre écoute qui me demande de raconter mon histoire et qui revient sur mon dossier de BICHAT. Il nous explique la façon de procéder et le processus de décision de l'équipe. Nous percevons une bonne relation avec lui, il nous indique que si la réponse était positive à priori, il y aurait encore d'autres tests et examens complémentaires à effectuer à FOCH pour valider définitivement ma candidature, et que par contre, lorsque la réponse est positive, compte tenu de mon cas, ils pourraient peut-être trouver la solution dans un délai de l'ordre de quarante-cinq jours. Mais nous n'en sommes pas encore là !

Par contre, il s'engage à nous donner sa réponse très rapidement. Mon dossier sera examiné dès le lendemain et nous serons fixés dès vendredi après-midi. Seulement le portable ne sonna pas et nous allions encore passer un sale week-end, dans l'expectative de la réponse, et que ces moments sont difficiles à vivre…, ce ne sera que le lundi après-midi suivant que nous aurons la confirmation par le Docteur qu'il était OK pour la poursuite du parcours pour la greffe, même si ce n'était pas encore un blanc-seing, car il fallait d'une part procéder à la pose de mon stent, et d'autre part effectuer un court séjour à FOCH pour des examens complémentaires à ceux réalisés par BICHAT ; ce en quoi je le remercie vivement tout en lui traduisant à nouveau ma motivation.

Nous entrevoyons un peu de lumière au bout du tunnel !

En attendant, je devais être opéré comme convenu par le Professeur CASTIER qui procédera à la pose de mon stent, et la date était réservée pour le 14 Avril.

L'opération se déroula normalement sous anesthésie locale accompagnée d'une légère sédation, mais je découvrais qu'à l'issue de celle-ci je devais rester à minima 48h immobile, allongé sur le dos. Cela nous amenait au 17 et 18 Avril et je n'avais pas vraiment prévu ce timing. J'étais donc condamné à passer le week-end de Pâques à FOCH.

Malgré quelques hésitations car Martine rechignait à me laisser passer un week-end de Pâques tout seul et sans visites dans ma chambre d'hôpital, nous décidions d'un commun accord avec elle et les enfants qu'ils allaient aller à la campagne, ce qui me convenait totalement car je savais à quel point la présence de ses enfants et de ses cinq petits-enfants allait être pour elle source de ressourcement, de plein d'énergie positive et de motivation. Je n'avais qu'une seule exigence dont j'avais fait part à Martine : je souhaitais que la chasse aux œufs du dimanche matin dans le parc, en l'absence de Papybo soit grandiose afin qu'elle marque les esprits des petits enfants.

Si j'en crois les films et reportages photos que je recevais quasiment en direct le jour même, cela a bien été le cas, pour leur et mon plus grand plaisir.

Les cris enjoués, les sourires radieux, les courses effrénées… et l'immense tas de bonbons et friandises divers et variés amoncelé sur la table du séjour à la fin de la récolte en sont la preuve. Grâce à la technologie de nos téléphones portables, j'avais participé à la chasse aux œufs avec eux quasiment en direct depuis ma chambre et tout le monde conservera un excellent souvenir de Pâques 2022 !

J'étais convaincu que pour vaincre l'état d'angoisse permanente qui peut prendre le dessus, il faut absolument se raccrocher à toutes les occasions, si minimes soient elles, qui puissent vous procurer du bonheur. Et le film de ces petites scènes de vie, tournées en direct à 110 kilomètres de ma chambre, respirait tellement la bonne humeur et la joie de vivre que j'avais l'impression que les acteurs en oubliaient ma maladie, comme moi d'ailleurs, et le visionnement de telles scènes de bonheur me motivait encore plus pour m'en sortir.

Qui plus est, le lendemain soir, soit le lundi de Pâques, j'avais l'agréable surprise de voir mon fils Romain, rentré plus tôt de la campagne, faire irruption dans ma chambre vers 17h et me faire partager de vive voix les bons moments qu'ils avaient vécus. J'en étais ravi.

Je rentrais le mardi en Touraine dans ma prison dorée, puis il se passa quatre semaines compliquées à vivre avant que je retourne à FOCH car nous étions toujours et encore obnubilés par la crainte des futurs résultats des tests et examens à venir et j'avais le souffle de plus en plus court, et j'étais de plus en plus fatigué malgré mes efforts pour entretenir la forme.

Afin de compenser cette anxiété et mettre toutes les chances de mon côté, j'en profitais pour faire tant bien que mal une demie heure, parfois plus, mais à mon rythme, de vélo d'appartement par jour, avec mon saturomètre en permanence sur l'index pour ne pas descendre sous 88% de taux d'oxygénation dans le sang à l'effort, et mon appareil à tension à proximité. J'effectuais aussi différents mouvements que les kinésithérapeutes m'avaient enseigné et n'étais guidé que par un seul objectif : il fallait que j'arrive aux tests le plus musclé et le plus motivé possible pour gagner la bataille !

J'intégrais donc FOCH comme prévu le 17 Mai pour une durée de quatre jours pour une série d'examens certes moins nombreux qu'à BICHAT puisque complémentaires, mais toujours aussi stressants dans l'expectative des résultats et la crainte d'un éventuel feu rouge ! car même si les locaux de FOCH étaient plus agréables car plus récents que ceux de BICHAT plus vieillissants, le cadre de vie était plus sympathique ; mais visiblement le sens et la définition du fameux feu rouge était le même dans les propos de tous les médecins…

Le séjour allait aussi être ponctué de nombreux échanges et entretiens avec la majeure partie des acteurs qui interviendront lors de ma future greffe. Car, en effet, intégrer un service de transplantation pulmonaire, c'est un peu comme intégrer une famille et la phase de connaissance mutuelle est importante. Oui, si l'intervention a lieu, nous allons entamer une relation à long terme, qui va durer le plus longtemps possible comme se plaisent à me le rappeler Leïla et Christine mes deux IDC, (infirmières de Coordination), mes anges gardiens. Car si tout se passe bien, nous entretiendrons à l'issue de la première année de greffe et du suivi intensif, une relation pérenne toute ma vie durant ponctuée d'une visite de contrôle par trimestre à FOCH.

A l'issue de cette petite semaine, je rencontrais le Professeur ROUX qui me faisait part de son ressenti relativement positif. Il me confirmait même que sauf avis contraire de ses équipes dont la réunion de décision avait lieu le mercredi suivant, veille de l'Ascension, je serai vraisemblablement sur la fameuse liste ABM la semaine prochaine.

Cette liste de l'Agence de la Biomédecine représentait pour nous la marche ultime la plus haute du podium, celle pour laquelle je me bats depuis tant de mois pour y accéder car c'est elle qui gère la liste nationale ou vous êtes officiellement estampillé et identifié comme apte à recevoir un greffon. C'est le passeport pour la greffe ou figure tout votre pédigrée, votre carte génétique, etc… qui permettent ensuite à l'agence d'orienter au niveau national les greffons selon les besoins des hôpitaux par rapport à la compatibilité entre le donneur et le receveur et à l'urgence de la greffe par rapport à l'état de santé du patient.

Les propos du Professeur ROUX étaient rassurants certes et je saurai, nous saurons donc à la veille de l'Ascension définitivement si « ça passe ou ça casse ! »

Nous allions encore passer un week-end d'enfer, car durant toute cette période de parcours du combattant, le suspens était hélas souvent à son comble, et tout notre entourage venait régulièrement aux nouvelles soit par téléphone, soit par sms, soit par mail. Des groupes WhatsApp s'étaient constitué ; on s'intéressait à mon sort tel que dans un feuilleton, ou plutôt un mauvais polar dont on suivait les épisodes ou lisait les chapitres au rythme de mes montées ou baisses d'adrénaline, et dans l'attente de la fin de la série ou de la conclusion du livre.

Et le pire des suspens était à venir, car même si le professeur avait été très clair à mon égard concernant mon inscription, après ce que nous avions vécu à BICHAT, bien que la situation soit différente, je restais tout de même très prudent par rapport à cette décision officieuse et avant de confirmer la nouvelle à tout notre entourage, nous attendrons la confirmation officielle d'ici mercredi soir.

Et nous allions effectivement refaire un tour dans l'ascenseur émotionnel, car le pont de l'Ascension allait compliquer l'organisation de la communication au sein des équipes, et non seulement nous n'avons pas d'appel téléphonique le mercredi soir, mais pas plus le lendemain, jour de l'Ascension. Nous attendons encore un éventuel appel le vendredi matin, puis, n'en pouvant plus, nous appellerons en début d'après-midi. C'est un grand pont, avec sans doute des effectifs restreints comme partout à cette période mais nous finissons quand même après de nombreuses tentatives d'appels à obtenir Claire, une assistante du service, que je connais bien maintenant, à qui j'explique ma situation et qui comprend bien notre stress. Elle m'explique les contraintes du service, réfléchit et me passe Christine, dont je découvrirai plus tard que c'est l'une de mes deux IDC. Cette dernière fort aimable comprend bien ma situation, va voir dans les services si l'un(e) des docteur(e)s de garde cet après-midi, étaient présent(e)s à la réunion de mercredi dernier et s'ils peuvent me donner la réponse officielle me concernant. Elle s'engage à me rappeler d'ici la fin de soirée. Je rappelle Claire par courtoisie pour la remercier du service rendu et de m'avoir mis en contact avec la bonne personne et lui souhaite un bon week-end.

Il est 17 h 40 en ce 27 Mai, Christine, fidèle à son engagement me rappelle « bonjour Mr GONZAGUE, j'ai pu rencontrer un Docteur qui était présent lors de la réunion de mercredi dernier et je vous confirme bien que vous serez sur la liste ABM dès lundi…, on a eu un petit contre temps avec le pont de l'Ascension... » Je ne sais comment la remercier et elle saisit mon émotion au timbre de ma voix, puis elle me dit à bientôt et nous raccrochons.

A peine raccroché, nous nous étreignons avec Martine, « ça y est, c'est gagné, c'est sûr ! », nous trinquerons avec Marlène, notre femme de ménage adorable qui en pleure de joie, elle qui partage notre histoire depuis tant de mois, et nous échangerons appels, photos et compliments par oral et par sms avec les enfants et petits-enfants une bonne partie de la soirée.

L'ascenseur émotionnel était à son zénith !

Nous lisions sur les photos et dans les sms en provenance des enfants toute leur joie sur leur visage, dans leurs mimiques, dans leurs yeux, sur leurs pouces levés en signe de victoire.je leur répondais par sms : « cette bonne nouvelle, c'est du grand bonheur à partager ensemble et je vous promets qu'il y aura encore d'autres bons moments à venir, je vous aime. »

Pour des raisons inconnues, il se passera encore une semaine quelque peu crispante, pour que je sois inscrit sur la liste officielle en date du 3 Juin 2022 !

« L'appel masqué »

Depuis le début de ma fibrose, nous nous sommes efforcés sur les conseils des pneumologues, de recevoir le moins possible. En effet, le cocktail du Covid allié à mon traitement sous immunosuppresseurs était à tout moment explosif et nous recevions essentiellement nos voisins Ingrid et Willy qui nous aidaient entre autres à rentrer des bûches de bois pour la cheminée, et étaient surtout devenus de réels confidents sur qui nous pouvions compter.

Comme bon nombre d'entre nous, je ne réponds plus depuis longtemps aux appels téléphoniques dont le numéro ne correspond pas à un de mes numéros figurants dans mon répertoire, et encore moins à des appels émanant de numéros de téléphone masqués.

Néanmoins, durant toute cette période, j'ai quelque peu changé mes habitudes car je me suis très vite rendu compte que tous mes interlocuteurs appartenant au corps médical en charge de mon dossier, et plus particulièrement les professeurs et docteurs utilisaient parfois leur téléphone portable et que ce dernier était toujours en numéro masqué ; ce qui compte tenu de leur nombre de sollicitations peut tout à fait se concevoir. C'est donc la raison pour laquelle je décrochais depuis quelques mois systématiquement lors de la réception d'appels masqués.

De toute façon, la question de décrocher ou ne pas décrocher ne se posait même plus depuis le 3 Juin dernier, date à laquelle j'étais inscrit officiellement sur la liste ABM, donc susceptible d'être appelé 24 h/24 h dès l'instant où un greffon était disponible et compatible. J'avais d'ailleurs la consigne de la part de l'hôpital d'être joignable depuis cette date à toute heure du jour et de la nuit.

Nous étions le samedi 11 Juin et nous avions proposé à Ingrid et Willy, de faire un apéritif improvisé toujours sans alcool pour moi, de 19 h à 20 h 30, pas plus tard pour ne pas trop me fatiguer car je peinais de plus en plus à respirer. Je me souviens d'ailleurs avoir demandé à Martine au cours de l'apéro d'aller régler l'oxygène à six car je m'essoufflais trop en parlant.

Il était 20 h 45 quand nos voisins nous ont quittés.

Martine venait de prendre sa douche et descendait de l'étage pendant que je préparais le tourteau mayonnaise, quand j'entendis mon portable sonner avec l'intitulé « numéro masqué » ?

Mon sang ne fait qu'un tour…

A cette heure-ci, cela ne peut être qu'un appel de l'hôpital FOCH, mais j'en doute car cela fait à peine huit jours que je figure sur la liste d'attente ABM.

Je prends à peine le temps de m'essuyer les mains dans un sopalin et je décroche : « bonjour, vous êtes bien Monsieur GONZAGUE, je suis le Professeur Edouard SAGE de l'hôpital FOCH, je vous appelle pour vous dire que vous allez être greffé par mes soins cette nuit et qu'il faut que vous soyez dans trois heures chez nous... »

Il a à peine le temps de terminer sa phrase que je mets à fondre en larmes au téléphone tout en appelant Martine, « c'est FOCH, c'est FOCH ! C'est le Professeur… », et en balbutiant des excuses auprès de mon interlocuteur pour lui avoir quasiment coupé la parole et pour mon comportement, ce en quoi il me dit très bien comprendre. Il a visiblement l'habitude de ce genre de situation et trouve les bons mots pour me rassurer et m'apaiser et je reprends mes esprits. Il a visiblement l'habitude et l'expérience de ce genre de situation et un réel talent pour déjà mettre le patient dans de bonnes conditions psychologiques en amont de l'opération dont il allait être le chef d'orchestre. Je lui confirme que j'ai une ambulance d'astreinte qui est disponible 24 h/24 h, que je vais m'empresser d'appeler, et que nous serons à FOCH dans trois heures au plus tard. Il me confirme que je serai opéré dans la nuit et nous prenons congé.

Entre temps, Martine avait tout entendu à mes côtés car j'avais activé la fonction haut-parleur du téléphone, elle était toute tremblante, pleurante, en transe comme moi…, bref dans un état où nous ne nous étions sans aucun doute jamais trouvé une seule fois dans notre vie, et nous nous étreignons en sanglotant, et je me souviens encore lui dire « ça y est, c'est parti ! »

Et là, panique à bord, car même si mon sac de sport en partie rempli des principaux effets vestimentaires et de toilette était dans un coin depuis huit jours, nous étions littéralement déboussolés. Nous avons d'abord appelé les enfants pour leur annoncer la nouvelle et avons semble-t-il été très brefs car tellement sous stress. Mais nous les rappellerons plus tard dans l'ambulance. Puis nous avons appelé l'ambulance avec l'angoisse au ventre en espérant que tout était en ordre chez eux par rapport à leurs engagements ; ce qui fut le cas puisqu'ils nous confirmaient séance tenante qu'ils seraient chez nous sous quinze à vingt minutes. C'était le temps qui nous restait pour relire la « to do list » que nous avions pris soin de rédiger quelques jours auparavant afin de ne rien oublier. Puis une fois prêts, nous appellerons Ingrid et Willy, pour le moins stupéfaits car ils venaient de nous quitter à peine une demi-heure plus tôt pour leur annoncer la nouvelle. Ils se précipitaient à la maison et nous leur passions les dernières consignes pour la garde de la maison que nous quittions pour au moins cinq semaines.

Puis l'ambulance est arrivée avec pas moins de quatre ambulanciers présents, et après une photo sympa prise par Willy de moi sur le brancard avec les ambulanciers à mes côtés, Martine m'a rejoint à l'arrière du véhicule, les portes se sont refermées et direction Suresnes, l'hôpital FOCH.

Je pense que Martine n'a pas arrêté de pleurer et de sangloter tout au long du trajet. Nous nous tenions fort par la main, en échangeant nos regards, elle assise à mes côtés, moi allongé, les yeux humides et des larmes dans les yeux en permanence.

Arrivés sur Paris, il était convenu avec la société d'ambulance que nous déposerions mon épouse chez notre fils Romain qui réside aussi à Suresnes, à deux kilomètres de l'hôpital FOCH. Il est 23 h45, nous arrivons devant chez Romain et Lore, le portail s'ouvre en même temps que les ambulanciers ouvrent la porte latérale de l'ambulance et je vois apparaître quatre de mes petits-enfants et leurs parents. Seul mon fils Vincent et son aîné qui étaient à la campagne manquaient à l'appel. Ils étaient là, tous alignés en format photo de famille, les enfants devant, les parents derrière et sur le côté, visiblement émus et curieux, les yeux tristes en me regardant et en regardant Martine descendre péniblement de l'ambulance bien aidée par les ambulanciers et son fils.

Et moi, resté allongé, les yeux embués, bien conscient à cette heure tardive du choc émotionnel que peut leur procurer le fait de voir une ambulance avec leur grand-père dedans, de leur lancer : « ça y est les enfants, on a trouvé la solution, Papybo va être guérit, c'est super, non ! »

Je conserverai cette photo dans ma tête et l'ambiance étrange qui régnait à ce moment-là toute ma vie… tiens donc, je pleure…

Ma liberté de respirer

Greffé dans la nuit du 11 au 12 Juin, il est 3 h du matin lorsque je suis brancardé dans le bloc opératoire. Alors que l'équipe médicale s'affaire à me poser une péridurale, je n'éprouve aucune peur de l'opération, bien au contraire, je suis heureux voire même euphorique d'être là car c'est l'aboutissement d'un long combat, de mon parcours du combattant, dont l'objectif était la greffe !

Je m'imagine en haut d'un toboggan et je me laisse aller dans la chute vertigineuse qui va être pilotée par tout le personnel et les médecins qui sont de plus en plus nombreux autour de moi et dont j'entends bien, à la manière de s'exprimer et de donner les consignes, que la mécanique est bien rôdée. J'ai totale confiance en eux, et telle une équipe d'artisans ou de compagnons du devoir aux multi-compétences, ils vont œuvrer pour poser la première pierre de l'édifice de ma nouvelle vie : ce greffon tant attendu !

Puis plus rien, j'apprendrai plus tard que j'étais resté durant 6 h 36 mn dans le bloc opératoire. L'intervention s'était très bien déroulée. On m'avait finalement greffé le poumon gauche. Vers 15 h, je me réveillais dans ma chambre et j'appelais immédiatement Martine qui était très inquiète car les services avaient visiblement omis, en ce dimanche, de l'appeler pour la prévenir dès ma sortie du bloc opératoire comme cela se fait habituellement. Je ne leur en ai pas voulu, et n'en ai même jamais parlé durant mon séjour tellement ils étaient attentifs à mon égard et notre priorité était ailleurs.

Vers 17 h, le Professeur Edouard SAGE, chirurgien qui m'avait greffé dans la nuit, que je rencontrais pour la première fois passait me saluer et prendre de mes nouvelles. Je l'ai chaudement remercié et il m'a confirmé que l'intervention s'était bien déroulée, j'étais euphorique et lui ai lâché d'un air amusé, « si Dieu existe Professeur, c'est vous ! ». Ce en quoi il partagea intelligemment le compliment avec les infirmières et les aides-soignantes présentes dans ma chambre en disant à quel point si cela marche, c'est surtout grâce à elles.

Dès le lendemain, on me retirait les lunettes à oxygène qu'on m'avait laissées sur la position 1 pour la nuit et j'effectuais 130 mètres de marche à l'aide d'un déambulateur accompagné par un kinésithérapeute, avec des sondes, drains et perfusions en tous genres qui me faisaient plus ressembler à un cosmonaute.

C'était le lundi 13 Juin à 9 h : j'avais retrouvé ma liberté de respirer !

Je me souviendrai toute ma vie de ce moment de bonheur où je pouvais à nouveau aspirer et expirer l'air ambiant naturellement, sans contrainte et sans effort pour aller le chercher, le quémander tel un mendiant qui fait l'aumône.

Il m'aura fallu cette maladie pour prendre conscience de ce trésor inestimable que le créateur nous a donné, avec cette capacité permanente et inconsciente que nous avons d'aspirer de l'air, puis de le traiter dans nos poumons, afin qu'il alimente notre cœur. Nos poumons sont le premier organe et le premier filtre dont la fonction est indispensable à la vie !

Je me demande encore comment j'ai pu tenir si longtemps sans craquer, durant 200 jours dans ma prison dorée.

Je recevais sur WhatsApp les photos et les commentaires des enfants, celle de romain avec Lore et leurs enfants avec de grands sourires et les pouces levés autour d'une bouteille de champagne, et je remarque surtout sur la photo la mine souriante et radieuse et ce petit sms des enfants : « félicitations pour ta force et ta persévérance ».

Je recevais aussi les photos de Vincent et Nathalie réunissant aussi tout le monde pouces levés, accompagnées du commentaire « il est super notre Papybo ! »

Et moi de leur répondre à tous : « merci, c'est le plus beau jour de notre vie et si je gagne, c'est grâce à vous tous et à l'attention que vous me portez, à vos conseils et à vos preuves d'amour permanentes. Je vous aime ! », le tout suivi de onze smileys à la file avec des bisous.

Tout le monde se réjouissait autour de nous, j'avais eu à nouveau Martine bien sûr rassurée au téléphone, qui s'était chargée d'informer toute la famille et les amis de la bonne nouvelle et nous nous étions répartis les tâches. J'espère que nous n'en avons pas oublié, mais si tel était le cas, j'espère qu'ils comprendront que le mélange de décompression et de joie qui nous envahissait ait pu nuire à notre concentration.

Et nous avons dû faire face dans les jours suivant à une avalanche de coups de téléphone et de sms… mais que cela faisait du bien !

Martine serait la première à venir me rendre visite le lendemain dans le service de réanimation. Je la sentais visiblement impressionnée par l'environnement impressionnant mais surtout heureuse de me voir, de me revoir, et elle semblait déborder d'énergie même si je percevais dans ses yeux parfois un peu d'inquiétude quand elle scrutait du regard toutes les perfusions, drains, cathéters, etc… mais malgré l'environnement nous étions bien ensemble et partagions un réel moment de nouveau bonheur.

Hélas, notre bonheur allait être de très courte durée car j'apprenais à peine 48 h après l'intervention qu'on avait retrouvé des traces de Covid, diagnostic qui se confirmait le lendemain. Dans le même temps, Martine allait réaliser un test PCR et était positive. Elle était logée chez notre fils à Suresnes, à deux pas de FOCH, et afin d'éviter qu'elle ne contamine toute la famille, nous décidions qu'elle rentrerait dans la journée en Touraine et c'est lore qui se chargea d'un aller-retour en voiture dans la journée. Je n'aurai vu Martine que deux jours et elle allait être isolée, seule, durant dix jours car très fatiguée dans sa grande maison en Touraine.

Je ne séjournerai que deux jours et demi dans le service de réanimation pour ensuite intégrer au même étage, l'Unité des Soins Intensifs, l'USIR.

Je passais beaucoup de temps avec Martine au téléphone qui avait vu son plaisir de me revoir et de me rendre visite, gâché par ce satané Covid, elle culpabilisait de ne pas pouvoir me rendre visite et je m'efforçais de la rassurer et de la consoler.

Mais, comble de malchance, j'apprenais trois jours plus tard, soit 5 jours après la greffe que je faisais un rejet !

J'avais beau avoir été préparé par Leïla, mon infirmière coordinatrice, comme quoi tout le monde fait obligatoirement un rejet, j'ai très mal vécu la nouvelle, d'autant plus que j'avais le sentiment au travers les échanges que j'avais avec l'équipe médicale que le mien était très précoce.

Martine était à Tours, seule avec son Covid et son moral tel que je décrivais précédemment, et il fallait bien que je lui annonce. Aussi, je fis de sorte de minimiser la nouvelle en lui expliquant, ce qui est vrai, que le rejet est un passage quasiment obligé même si le mien est arrivé de manière précoce, mais qu'il n'inquiétait pas les médecins pour autant. Elle semble comprendre, elle encaisse certainement et n'en pense pas moins. Je lui dis qu'elle n'hésite pas à me rappeler y compris cette nuit si elle avait besoin de quoi que ce soit et que je la rappellerai vers 22h, puis nous raccrochons.

Je m'empresse d'appeler mes deux fils pour leur faire part de mon rejet et leur dire de prendre bien soin de leur maman par téléphone dans la soirée, car la connaissant trop, je subodorais que la nuit allait être longue.

Cela m'a valu et nous a valu un choc émotionnel fort, l'ascenseur émotionnel descendait plusieurs étages à la fois car nous pensions aux statistiques que nous connaissions par rapport au taux d'échec de greffe à l'issue du premier mois d'intervention.

Nous étions inquiets de cette malencontreuse rencontre entre le Covid et notre greffe qui avait certainement aussi surpris les médecins, qui semblait quand même les soucier, sans qu'ils en fassent grand bruit, et même si le Professeur ROUX me rassurait lors de sa visite du 23 Juin en me parlant d'un niveau de rejet médian. Le rejet allait être traité mais nous n'aurions pas les résultats avant la prochaine biopsie dont la date serait fixée à un mois. Nous n'avions donc pas d'autre choix que d'attendre et avions pris la décision de ne pas informer notre entourage. Il s'agissait d'une mauvaise nouvelle et afin de ne pas les inquiéter nous ne souhaitions pas la leur faire partager.

Entre temps, j'avais pu cette fois ci organiser les visites malgré les contraintes liées à mon Covid, même si les infirmières et la psychologue nous avaient déconseillé la visite de Paul, l'un de mes petits fils de 12 ans avec son père Romain qui éprouvait un fort besoin de venir voir son Papybo. Mais l'environnement des soins intensifs et de la réanimation sont des rencontres et des images qui peuvent être difficiles à supporter pour un enfant de cet âge-là, ce qui est totalement compréhensible, et Paul n'accompagnera donc pas son papa. J'ai su après coup combien il avait déçu de ne pas n'avoir pu me rendre visite.

Par contre, son cousin, âgé lui de 14 ans pouvait venir me rendre visite accompagné de son père Vincent. Contrairement à mes premiers séjours à BICHAT et à FOCH, j'avais enfin une visite quotidienne et il ne se passait pas un jour sans que je n'aie pas la visite de l'un de mes fils ou de leur épouse, dont Vincent avec son fils Antoine. Ces visites me faisaient énormément de bien car j'avais vécu durant mes deux précédents séjours dans un univers quelque peu monacal et nos échanges verbaux nous permettaient de mieux partager notre joie et nos futurs projets, même si à chaque fois notre euphorie était atténuée par l'absence de Martine qui se morfondait seule en Touraine.

Chacun, chacune y allait de son cadeau, de son livre, de sa BD, et je commandais régulièrement mes courses et mes cahiers à spirales pour prendre des notes en vue de mon futur livre…

Les langues se déliaient quelque peu et je comprenais sans que cela soit dit ouvertement, sauf peut-être par moi-même, au travers de leurs propos et dans leur regard, que l'ombre du précipice s'éloignait et que chacun et chacune étaient plus sereins et respiraient l'optimisme. Ils, elles, me le faisaient bien partager par leur présence, leurs mots, leurs conseils, leurs regards, leurs sourires et leur amour.

Nous avions décidé de ne pas faire dans un premier temps de Face Time avec les petits enfants, car au-delà de l'environnement, je n'étais guère en forme ; par contre j'ai très vite été récompensé par une avalanche de dessins, tableaux et gadgets en tous genres, tous réalisés avec plus d'amour les uns que les autres, et je n'ai pas tardé à en remplir tout un pan de mur que je leur envoyais en photo régulièrement accompagnées de smileys.

Dès le 20 Juin, j'étais en forme malgré mon rejet, et après un rapide test d'effort, je quittais l'USIR tout auréolé des compliments de l'équipe pour mes progrès (je n'étais pas peu fier !)

pour rejoindre le quatrième étage de FOCH, dans la partie plus classique de l'hôpital en vue d'un séjour de l'ordre de trois à quatre semaines. Je savais depuis mon dernier passage que la vue des chambres donne soit sur les voies ferrées et le Mont Valérien, soit sur la Tour Eiffel… C'est mon jour de chance, j'intègre la chambre 427 avec une superbe vue sur la Grande Dame que je m'empresse de prendre en photo pour l'envoyer sur le groupe WhatsApp famille. J'ai tout juste pris possession de ma chambre qu'un kinésithérapeute me propose une séance de vélo d'appartement que j'accepte volontiers et que j'exécute rapidement tellement j'ai la pêche, ce dont il me félicite.

De l'avis général, il semble que je faisais partie des patients qui se remettaient assez rapidement de leur opération et l'ensemble du personnel semblait admiratif de mon état d'avancement. Le Professeur ROUX m'indiquant que je faisais partie des patients qu'ils appellent communément dans leur jargon des « fast track », c'est-à-dire des patients qui se remettent rapidement d'opérations longues.

C'est ce jour-là d'ailleurs qu'il me prit aimablement en photo sur mon lit, en me demandant de poser avec les bras et les mains en V comme victoire pour adresser la photo au Professeur MESSIKA, à BICHAT… Quelle ne fut pas ma surprise de recevoir en retour un message de ce dernier « Bravo, fais de grosses bises de ma part à Mr GONZAGUE ! ».

J'ai énormément apprécié cette connivence et cette complicité et c'est un moment fort qui restera longtemps gravé dans ma mémoire. Merci Messieurs.

Entre temps, afin de traiter ce fameux rejet, on m'administrait durant trois jours à compter du 21 juin trois bolus de 500 mg de corticoïdes.

Mes progrès étaient si rapides que, dès le 30 Juin, soit dixhuit jours après mon opération, je regagnais mon domicile, sous protocole très strict, bien sûr et en ayant appréhendé toutes les contraintes liées aux différents paramètres, prises de données, remplissage de tableaux de bord, horaires rigoureux de prise de médicaments, etc... Il ne s'agissait pas d'une convalescence ordinaire au sens où on peut l'entendre au sortir d'une opération dite plus classique. Je venais de subir une opération lourde et il me fallait reprendre mes marques au domicile, marcher et monter les escaliers sans vaciller en particulier sur un sol instable comme dans la cour par exemple, éviter les tremblements provoqués par le traitement, vaincre l'envie d'aller trop vite, comme avant..., et prendre le temps, prendre le temps, prendre le temps..., de respirer calmement afin de me libérer de l'habitude de la respiration saccadée que j'avais prise avant ma greffe.

Mais que de joie et de bonheur que de retrouver son « chez soi » et surtout sa liberté de respirer !

J'étais tellement heureux de vivre cette renaissance que j'ai très vite voulu en apporter la preuve en participant à une première visio-conférence où je n'ai pu m'empêcher de verser une larme dès l'ouverture pour remercier les sept participants pour toutes les marques de sympathie qu'ils m'avaient adressées durant cette période..., et je devinais aussi chez eux, derrière les caméras et les écrans d'ordinateurs la brillance de l'émotion dans leurs yeux. La visio dura plus de deux heures et j'y retrouvais mes capacités antérieures à parler, à développer des idées, des arguments..., j'étais porté par le sentiment d'appartenance à un groupe qui m'avait tant manqué durant mes neuf mois dans ma prison dorée, et la considération que je recevais en retour de la part de mes pairs fut pour moi la première étape.

Après avoir retrouvé ma liberté de respirer, je retrouvais ma liberté de penser..., sic !

Au travers de cette renaissance, c'était pour moi en quelque sorte une résurrection sociale dont on a toutes et tous tant besoin mais dont on ne se rend compte trop souvent que lorsque nous en sommes privés, hélas !

Il en est de même d'ailleurs de notre liberté de respirer, car l'acte routinier de respirer est tellement inné et naturel que nous n'y prêtons jamais attention hormis peut-être lors d'un gros rhume ou d'un essoufflement suite à un effort, alors que c'est la première fonction nécessaire et indispensable à la vie du corps humain pour alimenter notre corps et notre cœur en oxygène, fonction que nous pratiquons 24h/24h sans même en faire l'effort et sans nous en rendre compte…

D'ailleurs, plus j'y pense et plus je me dis que dans le cadre des campagnes anti-tabac, plutôt que d'augmenter régulièrement le prix des cigarettes, je préconise à notre Ministre de le Santé de proposer un test gratuit à tous les fumeurs en les mettant en situation de privation de liberté de respirer durant une courte séance. J'imagine que l'état de suffocation provoqué, allié à l'état de stress généré et aux pensées engendrées par rapport à la maladie voire la fin de vie, seraient suffisamment efficaces pour en inciter un certain nombre à arrêter de fumer en leur faisant prendre conscience du trésor que représente notre liberté de respirer.

Que c'est beau, que c'est beau… La Vie !

Lettre sous X

Compte tenu de l'état d'avancement de la maladie qui s'était déclarée sans signe avant- coureur le 25 Novembre 2021, j'étais devenu prioritaire sur la liste établie par les hôpitaux auprès de l'Agence de la Biomédecine (l'ABM). Dans mon esprit, j'avais transformé la rapidité de progression de la maladie en avantage, et il m'arrivait même d'en plaisanter avec certains médecins lorsque j'ai découvert l'intitulé de ma maladie en gros titre sur une feuille de suivi. Il était écrit : « Fibrose pulmonaire rapidement progressive ». Comme je m'employais à leur faire remarquer avec le sourire, ils auraient pu remplacer l'adjonction des notions de rapide et progressif par « il y a le feu au lac ! » ce en quoi ma réflexion avait au moins le mérite de détendre l'atmosphère, de les conforter, ce qu'ils savaient déjà, par rapport à ma lucidité eu égard à l'état d'avancement de ma maladie, et d'en rire ou d'en sourire un peu !

Et je ne m'étais guère trompé puisque à l'issue de mon parcours du combattant, j'étais officiellement sur la liste ABM le 03 Juin et greffé le 12, soit 9 jours plus tard.

C'est lors de mon parcours du combattant, en échangeant avec la psychologue, entre autres, que j'ai découvert que je pouvais écrire de manière totalement anonyme à la famille du (de la) donneur (se). Le courrier est adressé à l'un des services de l'ABM qui en valide le contenu. L'agence est la seule à connaitre avec un numéro CRISTAL la provenance du don d'organe et elle transmettra mon courrier à la famille.

Ce geste me semblait d'une telle évidence que je me suis empressé de travailler ce courrier. J'avais trouvé là un excellent moyen de montrer ma gratitude à l'égard des proches d'une personne qui m'avait sauvé la vie !

« Travailler ce courrier », c'est bien le terme car je me suis rendu compte à quel point ce n'était pas chose aisée. Il m'a fallu deux jours et deux nuits ou presque pour chercher l'inspiration, trouver les bons mots, la bonne forme, ne pas tomber dans la démagogie, traduire mon respect, mon émotion, ma gratitude…, ce fut un bel exercice et un exercice intense où j'ai souvent travaillé devant mon cahier avec les yeux humides, à faire et refaire des phrases et rayer des mots. Exercice dont je conserve néanmoins un très bon souvenir, dont je suis fier et qui, je l'espère sera apprécié et apportera un peu de réconfort à la famille du (de la) donneur (se).

Par souci de confidentialité et eu égard au respect de la famille, et conformément à la charte de déontologie de l'ABM, je m'arrête là et ne ferai allusion à aucun des mots, éléments ou phrases utilisés dans ce courrier, courrier que j'ai souhaité personnaliser en le faisant de manière manuscrite, et non sur ordinateur, car à mes yeux, cela apporterait plus de proximité et de chaleur humaine. Je m'y suis d'ailleurs pris à plusieurs reprises pour le rédiger car saisi par tant d'émotion, je peinais à écrire et étais pris par moments de tremblements immaitrisables. J'appris par la suite que les tremblements durant plusieurs mois font aussi partie des effets secondaires du traitement antirejet. Il y avait sans doute un cocktail des deux. Et c'est en échangeant avec les psychologues que j'ai découvert avec surprise que la démarche humaniste qui consiste à écrire aux proches du donneur qui me semblait naturelle n'était finalement pas chose courante, dont acte !

Moi qui étais déjà sensibilisé au don d'organe et qui en parlais comme tout un chacun lors de différents échanges en famille ou entre amis, je prenais conscience à quel point la loi Caillavet du 22/12/1976 qui instaurait le fait que chaque individu est présumé donneur, renforcée par la loi du 26/01/2016 et la création de l'agence publique de l'état, l'ABM de 2004 étaient si cruciales.

L'Agence de la Biomédecine indique qu'en 2019, 5 897 greffes ont été pratiquées en France, dont 3 641 greffes de rein, 1 355 greffes du foie, 425 greffes du cœur et 552 greffes du poumon. Et malgré la hausse constante du nombre de greffes réalisées (plus 19,3% en 2021/2020) il y a encore beaucoup à progresser car malheureusement en 2021, 24 000 patients sont inscrits sur liste d'attente.

J'ai découvert en fréquentant tous ces milieux hospitaliers à quel point de nombreux patients souffrent car en attente de greffons ou de dons divers et variés d'organes, de tissus, de cellules souches rares, etc… J'ai découvert à quel point les activités de l'ABM sont aussi élargies aux domaines de la procréation, de l'embryologie et de la génétique humaine.

J'ai d'ailleurs croisé au même étage que moi, au 4ème OUEST à FOCH de nombreux patients atteints de la mucoviscidose, visiblement très fatigués et fragilisés pour certains d'entre eux, et très souvent, trop souvent très jeunes, et bien plus jeunes que moi, et le croisement de leur regard me faisait beaucoup de peine et m'amenait à relativiser énormément par rapport à mon état, à mes enjeux ramenés à mon âge !

Cela m'a amené à y regarder de plus près par rapport à la mucoviscidose, d'autant plus que l'hôpital FOCH héberge dans ses murs l'association Grégory LEMARCHAL, et j'ai pu constater les énormes et récents progrès réalisés par la médecine ainsi que les nouveaux traitements et nouveaux espoirs qui y sont liés.

J'ai éprouvé, en déambulant à l'étage, les mêmes sensations que lorsque nous côtoyons des enfants souffrant de longue maladie dans le cadre d'une association dont nous sommes mécènes, mon épouse et moi-même, depuis de nombreuses années. L'objectif de cette association, MAGIE à L'HOPITAL consiste à organiser des spectacles de magie et des rêves individuels aux enfants hospitalisés pour longue maladie et à leur famille. Ces sensations difficiles à décrire et parfois même difficiles à comprendre, faites d'un mélange complexe et poignant qui allie compassion, sentiment d'injustice, admiration, respect et espoirs…

J'ai redécouvert aussi, à cette occasion l'extraordinaire dynamique des associations nationales et régionales liées à toutes ces causes et j'admire le grand nombre de bénévoles qui se mobilisent avec passion et donnent si généreusement de leur temps et de leurs compétences.

https://www.agence-biomedecine.fr
https://dondorganes.fr
https://vaincrelamucoviscidose.org
https://association-gregorylemarchal.org
https://.magie-hopital.com

Mon premier check up, trop bien… mais non…

Je quittais FOCH le 30 Juin à 13h30, et dès le 5 Juillet, je déambule dans mon jardin. Je m'en souviens comme si c'était hier car nous avions 3 de nos petits enfants pour la journée et j'en ai profité pour nous prendre en photo avec Martine, Antoine, Camille et Louise avec la main levée et le V de la victoire. Je partais ensuite à FOCH dès le 7 juillet et devais réaliser comme à chaque fois un test PCR. Hélas, il était toujours positif malgré le traitement spécifique administré. Quand je pars avec Willy à 5h30 du matin, je vois bien que Martine n'est pas en grande forme et toujours très inquiète de la cohabitation permanente et durable entre le greffon, mon ami, et le Covid, mon ennemi, sans savoir quelles sont les incidences de cette situation par rapport au rejet toujours en cours ! Je suis inquiet également par rapport à cette cohabitation, et par rapport à l'état dans lequel j'ai laissé Martine, et durant le trajet de Tours à Suresnes, j'appellerai les enfants pour qu'ils appellent leur maman dans la matinée pour lui remonter le moral.

Un mois est passé depuis l'opération, nous sommes le 13 Juillet et je viens donc d'effectuer mon premier bilan de deux jours à FOCH. Mon cœur est au mieux, les mesures de souffle excellentes selon le personnel médical, la radiographie également, bref tout va pour le mieux dans le meilleur des mondes, même s'il nous faut attendre les résultats de la biopsie par rapport au rejet, et tout cela m'est confirmé de vive voix par le Professeur Abdul Monem HAMID, mais j'ai toujours le Covid !

Je m'empresse d'appeler Martine puis les enfants pour leur faire partager ces nouvelles qui nous confortent dans mes bonnes capacités de récupération et dans l'avenir en me disant que compte tenu de ces résultats le rejet est peut-être derrière nous. Je me suis habillé et attends patiemment sur mon lit que Willy frappe à ma porte pour 13 h afin qu'il me ramène en Touraine.

Il est 13 heures, je vois à nouveau le Professeur HAMID entrer dans ma chambre. Il s'approche de moi et m'annonce avec une petite voix basse qu'il vient d'avoir les résultats de la biopsie et que cela n'a pas beaucoup bougé…, je comprends vite…, cela signifiait que le rejet identifié il y a trois semaines était toujours présent. J'ai des larmes dans les yeux et je lâche un « merde alors », puis il me rassure en m'indiquant que ce n'est pas un problème, même si cela peut durer plusieurs mois. Il fait référence à l'un de mes voisins de chambre qui fait son rejet depuis 5 mois…, message subliminal pour me préparer ? Puis il m'indique le traitement à venir avec 3 jours de bolus à base de corticoïdes consécutifs à prévoir pour les 15, 16 et 17 Juillet, une perfusion effectuée tous les matins, car c'est un traitement costaud compte tenu des dosages qui, s'il était administré plus tard dans la journée m'empêcherait de dormir la nuit. En fait, il s'agissait d'un second rejet !

Il me propose, soit de rester pour commencer dès le lendemain 14 Juillet, jour de fête nationale, soit de rentrer chez moi puisque le taxi est commandé et arrive d'une minute à l'autre. Le traitement peut attendre 48 heures, auquel cas je reviendrais dès le vendredi pour repartir le dimanche ou le lundi suivant. Je fonds en larmes et lui demande conseil en intégrant le fait qu'il fallait que j'informe mon épouse de la mauvaise nouvelle par téléphone en y mettant les formes. Comment allait-elle réagir ? Et puis nous devions reprendre dès samedi une vie familiale normale car nous avions enfin calé un repas de famille avec une partie de nos enfants, ce qui ne nous était pas arrivé depuis si longtemps, et puis, et puis…, tout semblait s'effondrer à nouveau dans ma tête.

Je décidai en accord et sur les conseils du Professeur de faire l'aller/retour en Touraine pour revenir le vendredi matin. Il me salua en me disant « courage, tenez bon, à vendredi ! » puis il quitta la chambre. Il était 13 h 10, il avait à peine eu le temps de fermer la porte que je me suis mis à sangloter sur mon lit et c'est à cet instant que Willy fit irruption dans ma chambre. Qu'elle n'a pas été sa surprise de me retrouver dans un tel état, lui que j'avais tenu informé quelques instants plus tôt de mes fabuleux résultats d'examens et qui pensait me retrouver rayonnant et en pleine forme. Il a été pour le moins surpris, s'est assis sur le lit à mes côtés et je lui ai expliqué… Nous avons décidé ensemble de ne surtout pas en parler à Martine par téléphone afin de la ménager et avons quitté la chambre pour rejoindre sa voiture. Dans le couloir, je me souviens avoir salué une infirmière, ainsi que Leïla, l'une de mes deux infirmières de coordination, qui m'ont toutes deux réconforté en me réaffirmant que ce type de rejet était fréquent et « qu'il ne fallait rien lâcher ». Merci Mesdames, cela m'a fait du bien !

Durant le trajet, j'appelai immédiatement mes deux fils au téléphone, en commençant par Vincent qui devait venir passer le samedi avec nous, puis Romain, en leur disant bien de ne pas appeler leur Mère car je lui annoncerai la nouvelle de vive voix tout à l'heure en arrivant à mon domicile. Puis nous avons roulé durant deux heures trente durant lesquelles Willy, qui est adorable, s'est efforcé de me rassurer, avec de bons arguments d'ailleurs, par rapport à ce qui m'arrivait, en insistant sur tout le parcours effectué et les obstacles franchis avec succès depuis le 25 Novembre 2021 et sur toute la dynamique positive qui m'entourait. Il avait sans doute raison. Puis nous convenions qu'une fois que j'aurai annoncé la nouvelle à Martine, nous irions prendre l'apéritif, sans alcool pour moi, greffe oblige, chez lui tout à l'heure vers 19 h.

Arrivés à la maison, je m'en suis bien sorti en expliquant en toute sincérité à Martine qu'il n'y avait pas eu d'amélioration, que j'avais choisi de revenir pour être avec elle ce soir et la journée du 14 Juillet, et que ce type de problème était fréquent, ne les inquiétait guère et qu'ils avaient le remède avec ces trois jours consécutifs de bolus. Ses yeux se sont humidifiés, nous nous sommes enlacés et avons respiré profondément en nous disant qu'il s'agissait encore d'une étape, puis nous avons très vite bifurqué en nous posant la question de savoir où et comment elle allait passer son week-end. On en reparlera plus tard avec les enfants ; et à 19 heures, nous étions chez Ingrid et Willy pour l'apéritif, à ressasser l'histoire bien sûr et à constater que nous avions toujours cette épée de Damoclès au-dessus de la tête jusqu'au 15 Août prochain au moins, car il fallait attendre un mois, à minima pour mesurer les premiers effets du traitement antirejet. C'était un petit étage supplémentaire dans l'ascenseur émotionnel !

C'est ce jour-là que je leur dis que j'allais intituler mon livre, s'il voyait le jour, « CHAMBRE 13 » en faisant d'abord référence à ce qui s'était passé à BICHAT, que nous étions aujourd'hui le 13 Juillet, et que la mauvaise nouvelle m'a été annoncée par le Professeur à 13 heures !

Et Martine d'enchaîner en nous faisant remarquer que lorsqu'elle était partie à Paris, le lundi où j'avais suffoqué, à la chasse, quatre jours avant ma première hospitalisation, elle devait voyager dans la voiture n° 13 du TGV Bordeaux/Paris, place n°13… et que le TGV a dû être annulé au dernier moment.

Superstition ?

Chambre 427...

Nous sommes le 15 Juillet et je reprends possession de ma chambre pour 10 heures après ces deux jours passés en Touraine. Le voyage s'est bien passé et Willy constate que j'ai une « pêche d'enfer ». En effet, une journée et demie passée au domicile nous aura permis avec mon épouse de nous requinquer et nous conforter dans l'idée qu'un traitement de choc à base de 1000 mg de corticoïdes sur trois jours allait sans nul doute être bénéfique. Nous avons grande confiance dans les équipes et ma situation est somme toute sans doute assez courante lors de ce type d'opération. Dès 11 h 30, le Professeur HAMID me rend visite, me donne l'impression d'être pressé et en vient rapidement aux faits. « Bon, Mr GONZAGUE, ça va bien ? » je lui réponds par la positive en lui expliquant que j'avais digéré l'information depuis mercredi et que le break tourangeau m'avait été bénéfique. Puis très vite, il m'indique que le programme venait d'être légèrement modifié suite à la réunion de coordination entre pneumologues dont il sort à l'instant. « On vous garde 3 jours, et en plus on va enchaîner avec un traitement plus fort et aussi plus long dans le temps… » il m'explique ce dont il s'agit et que cette perfusion de Thymoglobuline s'effectue sur 12 heures/jour durant cinq jours... je resterai donc cinq jours supplémentaires à l'hôpital, donc au moins huit jours au lieu des trois prévus initialement et ne rentrerai plus dimanche ou lundi à Tours. Je le questionne pour mieux comprendre et le sonde par rapport à l'efficacité du traitement ; ce en quoi il revient sur l'exemple qu'il m'avait donné mercredi dernier relatif à mon voisin de chambre qui était là depuis cinq à six mois…, c'était donc bien un message subliminal mercredi dernier à 13 heures !

Puis il me rassure en me disant à nouveau que ce genre de cas arrive, que cela va prendre un peu plus de temps de traitement sans pour autant s'engager d'avantage, ce que je comprends fort bien. Je lui fais part de ma grande confiance dans le « Sachant » et que c'est lui avec ses collègues qui sont « les Hommes et les Femmes de l'Art », puis il me salue.

Bingo ! Il va falloir à nouveau que j'explique tout cela maintenant à Martine par téléphone, et j'avais encore un doute par rapport aux explications du Professeur, par rapport à cette évolution du traitement : s'agissait-il d'une rechute ? d'une aggravation du rejet ? J'avais pris suffisamment de notes pour aller sur internet et mieux comprendre, puis j'appellerai mes deux fils tour à tour pour leur expliquer avant d'appeler Martine. Lors de notre entretien téléphonique, j'y mis le temps et les formes, et même si elle encaissa mal la nouvelle, la raison sembla l'emporter quand même sur la passion et la crainte.

Après ces soubresauts, je pris mon déjeuner puis m'allongeai pour regarder le Tour de France, il s'agissait de l'étape Bourg d'Oisans/ Saint Etienne, en m'assoupissant quelque peu.

Il était aux alentours de 14 h 30 lorsqu'une aide-soignante fait irruption dans ma chambre, l'air visiblement très pressé, en me disant « c'est urgent Mr GONZAGUE, on vous emmène au bloc opératoire, le brancardier arrive… », « voilà la Bétadine avec des gants de toilette pour vous laver, la chemise de nuit, la petite culotte,…, faites vite, je vous attends… »

Je reste bouche bée, pour le moins stupéfait, voire choqué. Je peine toujours à distinguer dans leurs vêtements de travail les signes distinctifs qui différencient un(e) infirmière(e) d'un(e) aide-soignant(e) et je lui demande de quoi il s'agit et si depuis la visite du Professeur en fin de matinée ma situation s'est dégradée ou s'ils ont constaté quelque chose d'anormal au point d'être opéré, et elle me répond qu'elle ne sait rien tout en insistant à nouveau pour que je me prépare vite.

Je suis en totale panique, mon sang ne fait qu'un tour, et je ne conserve en boucle dans ma tête que les termes urgence et bloc opératoire !

J'appelle successivement mes deux fils pour leur faire part de la situation, je suis pressé, stressé, et l'aide-soignante attend derrière la porte de ma chambre restée entrouverte ; je leur dis rapidement que je pars au bloc opératoire pour être opéré, une intervention en urgence et que je n'en sais pas plus… Ils sont bien évidemment effondrés et je suis obligé de raccrocher très vite avec chacun d'entre eux en leur expliquant que : bingo ! il va falloir que j'appelle leur Mère…

Dans la précipitation et avant d'appeler Martine qui devait être seule à notre domicile, j'ai le réflexe d'appeler avant notre voisine, Ingrid, qui était en train de faire ses courses afin de l'informer de la situation et que je m'apprêtais à appeler Martine. Elle est effondrée et j'ai appris par la suite qu'elle est sortie de la supérette en laissant son caddie avec ses courses au beau milieu du magasin pour se précipiter à notre domicile. Puis j'ai Martine au téléphone alors que je vois toujours l'aide-soignante s'impatienter dans l'entre bâillement de la porte, et le brancardier arrive dans la chambre. J'éprouve une tension extrême et je vais droit au but car je n'ai pas le temps et je lui dis comme aux enfants que je pars au bloc opératoire, que c'est urgent, qu'une décision que je ne connais pas vient d'être prise par les médecins, que je dois me laver avec de la Bétadine, mettre ma tenue de bloc, etc…, puis en même temps, je l'entends et la vois comme si elle était en face de moi en train de sangloter et pleurer à grosses larmes ; je lui dis que je l'aime plus que tout et je coupe le téléphone pour aller me laver rapidement. A peine sorti de la salle de bain, le brancardier était revenu dans ma chambre, je commence à m'installer sur le lit qui fait office de brancard et nous entamons la sortie de la chambre.

Je viens de passer quatre communications téléphoniques en l'espace d'à peine cinq minutes et je n'imagine même pas vu la vitesse à laquelle je parlais alliée au stress que je véhiculais, à quel point j'ai dû leur faire subir une charge émotionnelle intense… mille excuses aujourd'hui, s'il vous plaît !

A cet instant, je ne pense plus qu'à ma famille, qui comme moi pense au pire, voire à un gros incident ou accident de parcours qui nécessiterait une opération urgente car je connais et mon entourage proche également, le taux d'échec des greffes pulmonaires durant le tout début, voire le premier mois et la première année…

Bref, je suis au « trente sixième dessous » et en panique lorsque l'infirmière que je reconnais malgré son masque rentre dans la chambre en même temps que j'en sortais brancardé. Elle saisit immédiatement que je suis en panique et je m'empresse de lui demander ce qui s'est produit entre la visite du Professeur à 11 h 30 et maintenant pour que je parte en urgence au bloc opératoire !

Et… surprise…

Elle m'explique que pour faciliter le traitement THYMO de 5 fois 12 h de perfusion/jour durant cinq jours, traitement qui doit aider à traiter le rejet en cours, et qui débutera dans quarante-huit heures, il y a lieu de me poser un cathéter spécifique appelé PICLINE, que je vais garder peut-être plusieurs semaines dans mon corps afin de faciliter les transfusions, prises de sang,…, à venir, et que cette implantation se fait sous une simple anesthésie locale mais en bloc opératoire !

Quel soulagement !

Et quel quiproquo !

Je la remercie rapidement pour ses explications, elle comprend mieux mon état de stress. Je lui demande ainsi qu'au brancardier qui avait compris la situation et qui semblait avoir pitié de moi, de m'accorder un court instant pour rassurer mes proches et m'empressai d'appeler d'abord Martine afin de corriger le tir.

Je l'ai au téléphone, elle est en pleurs, Willy prévenu par son épouse est aussi à ses côtés et je prends juste le temps de les rassurer en leur disant que ce n'est pas une opération mais qu'il s'agit simplement de la pose d'un appareil, un genre de cathéter, pour faciliter les perfusions à venir. Je les sens soulagés et rassurés et leur dit d'appeler les enfants puis je raccroche. Je remercie encore l'infirmière, le brancardier termine de manœuvrer le lit, direction le bloc opératoire.

Et je pensais pendant que le brancardier passait de couloirs en couloirs et d'ascenseurs en ascenseurs à quel point la communication en fonction de la situation, du moment, des mots et du ton utilisés, du manque de précision, pouvait être source de quiproquo et en l'occurrence dévastatrice.

Et je me disais que certes l'aide-soignante ne pouvait sans doute pas être en capacité de me préciser l'objet de l'intervention car vraisemblablement pas informée, ce qui est somme toute logique car pas dans ses fonctions, et que pour ma part, j'avais vraisemblablement surréagit ou interprété ses propos !

Arrivé au bloc opératoire, je fus rapidement pris en main par les infirmières et l'équipe médicale qui fit preuve de beaucoup de pédagogie face à mes nombreuses questions relatives à la pose du fameux PICCLINE.

Mauvaise communication, malédiction, superstition… toujours est-il que je n'en étais qu'au premier jour au lieu des trois jours initiaux, j'étais parti pour passer huit jours au moins dans la chambre 427 : 4 + 2 + 7 = 13 !

L'ascenseur émotionnel avait encore été cette fois-ci à son comble et avait atteint des sommets !

Un sentiment de décrochage

Nous sommes le 16 Juillet, il est 13 h, j'ai cru apercevoir le Professeur ROUX, mon médecin référent dans les couloirs mais c'est une interne prénommée Maud qui vient me faire le débriefing suite à la réunion de coordination quotidienne de fin de matinée de l'équipe médicale. Elle m'informe déjà que mon niveau de charge Covid qui tendait à la baisse depuis les deux derniers tests PCR est remonté à la hausse en passant de 32 à 19 en 48 h (au-delà de 33, on est plus contagieux) et je comprends à ses propos et à son attitude que cette cohabitation Covid/rejet semble soucier l'équipe médicale. C'est du moins mon interprétation !

Afin d'y remédier, il a été décidé lors de la réunion de me faire des intramusculaires de EVUSHELD, injections d'anti-corps contre le Covid, traitement canadien tout juste autorisé en France suite à l'avis de l'ANSM par la commission de la transparence de la Haute Autorité de Santé (HAS) le 9/12/2021.

Puis, concernant mon rejet, je lui fais part de mon inquiétude relative au traitement lourd de cinq jours prévu pour la semaine suivante en lui demandant si on pourrait en mesurer les effets rapidement, mais je comprends très vite qu'à part quelques clignotants liés aux résultats de prises de sang voire à mon taux de fatigue, on ne pourrait valider son efficacité que lors d'une prochaine biopsie à prévoir sous trois à quatre semaines.

A l'issue de l'entretien, ces deux constats cumulés me donnent l'impression pour la première fois que la situation se complique. J'éprouve le désagréable sentiment de moins maîtriser mon destin, si tant est que je le maîtrise un tant soit peu dans la situation dans laquelle je suis, même si elle me confirme que les traitements à venir ont fait leur preuve et qu'ils me les administrent pour « gagner ensemble », ce dont je ne doute pas un seul instant.

Néanmoins, au moment où j'écris ces quelques lignes, je suis dans ma chambre et je visionne en sourdine les images du tour de France et je ne peux m'empêcher de faire un parallèle avec lui. J'ai pour la première fois le sentiment de décrocher un peu du peloton sans avoir tous les moyens pour remonter en tête. Je crois en la médecine et j'ai grande confiance dans les équipes qui sont certainement moins dans le doute que je commence à l'être. Mais je n'en parlerai surtout pas trop fort à Martine quand je l'aurai tout à l'heure au téléphone.

Oui, je perçois bien que je vais devoir changer de braquet mais je commence, moi qui suis d'un naturel optimiste et volontaire, à ne pas trop savoir comment m'y prendre et suis quelque peu envahi par un sentiment mêlé de doute et d'impuissance. Il va pourtant bien falloir que je trouve les ressources nécessaires pour remonter en tête du peloton ; il faut absolument que je me reprenne en main !

Je me suis remémoré le nombre de fois où j'ai entendu, au sein comme hors du corps médical, que le mental entrait pour 50% dans la réussite de la guérison et pour corriger ce mauvais sentiment d'impuissance générateur d'angoisse, de stress et par voie de conséquence d'affaiblissement physique et psychologique, je vais reprendre ce que j'appelle ma concentration active. C'est ma façon personnelle de me poser, un genre de méditation qui m'est propre et qui m'incite à mettre en cohérence mon corps, mon âme et mon esprit au service de l'accueil de « mon ami le greffon », mon hôte au sein de mon corps.

Afin de me mettre en parfaite harmonie avec mon corps et mes sentiments, je commence par procéder à des légères passes sur ma poitrine en me concentrant très fort, les yeux fermés, avec la volonté de rechercher et canaliser mon énergie, en pratiquant une respiration profonde très lente et très profonde afin de mettre sur la même fréquence énergétique mon corps et mon nouvel ami, jusqu'à parfois ressentir une sensation de chaleur. J'y mets tout mon cœur et mes croyances pour « penser positif », croire fort à la rémission et attirer les ondes positives, imaginer des projets et des moments de vie à venir.

Pour mettre tous les atouts de mon côté, j'irai aussi voir dès mon retour en Touraine Gérard, mon ami magnétiseur si efficace et que j'apprécie beaucoup.

Je fais surtout de sorte même si ce n'est pas facile en ce moment, de voir le verre à moitié plein plutôt qu'à moitié vide, car ce n'est pas la maladie ou le malheur qui importe, mais notre façon de le percevoir. Et je me dis que tout un chacun est amené à vivre des moments difficiles pour de nombreuses raisons, mais que l'espoir doit être le nerf de la guerre et que la vie est belle et mérite d'être vécue.

Et puis j'ai mes amis proches ou moins proches, dont certains que j'ai découvert à l'occasion de ma maladie, qui prient régulièrement Dieu en pensant à moi, et qui me transmettent au travers de leurs prières, de nos échanges sms et entretiens téléphoniques, tellement d'espoir et d'énergie positive que cela va m'aider à me transcender encore plus. Grand Merci à eux.

Le corps, l'âme et l'esprit

Lors des nombreux appels téléphoniques et sms que j'ai reçus, la majeure partie de ma famille, de mes amis, me disaient que j'étais fort, que je l'ai toujours été pour avoir réussi tout (ou presque…) ce que j'ai entrepris dans ma vie et dans ma carrière professionnelle.

A vrai dire, je suis loin d'en être convaincu et il est vraisemblable que de tels compliments étaient le moyen pour tout mon entourage de m'exporter de la motivation, du courage, et de la joie de vivre.

Par contre, ce dont je suis sûr, c'est que, d'une part, je suis quelqu'un de courageux, au sens travailleur du terme, car persuadé que la somme de travail peut compenser chez beaucoup de personnes des carences d'intelligence ; et que d'autre part, j'ai une forte volonté acquise dès mon plus jeune âge pour « m'en sortir dans la vie » comme le disait ma Maman. En effet, je pense que le décès de mon père, ouvrier d'usine, à l'âge de 52 ans alors que j'en avais 12, allié à l'état de santé de ma mère qui était en invalidité à l'époque ont été pour beaucoup dans la construction de mon caractère de « battant » ; c'est à ce moment-là que j'ai acquis la hargne de me battre dans la vie, à la recherche permanente de la réussite sociale, et où je pensais régulièrement en faisant tous les matins 4 kilomètres de vélo pour aller de mon domicile au Lycée en Forêt sur la N7, que mes objectifs dans la vie étaient de travailler en

« costume/cravate… » et de rouler en BMW. Quels clichés me direz-vous ! Et quand aujourd'hui, on nous dit que nos jeunes manquent de repères, on peut penser ce qu'on veut des miens, mais ils avaient au moins le mérite d'exister et dégageaient clairement plus d'énergie positive que négative ou rebelle.

Mais fort, disais-je, je ne le suis pas ; téméraire oui, volontaire oui, avec une forte envie de me prouver des choses à moi-même et à autrui, gagneur oui, mais en réalité bien plus faible et plus fragile qu'il n'y parait.

A la réflexion, ma plus grande force durant cette période a bel et bien été de me confier et de pleurer, au détriment de mes recherches des causes de cette foutue maladie dont je m'étais rendu à l'évidence : on ne saura jamais pourquoi ? Et j'en ai donc vite fait le deuil.

A quoi bon faire une fixation sur ces questions, ruminer, ressasser, et se faire du mal. Il valait mieux en faire le deuil pour penser et passer à autre chose.

Et c'était bien décidé dans mon esprit, l'autre chose consistait à aller de l'avant, voir devant et non plus dans le rétroviseur, et comment s'en sortir. Et rien que cet état d'esprit, ce nouvel objectif est suppresseur d'angoisse et générateur de nouvelles pensées et d'une nouvelle motivation. Très vite, notre esprit, notre corps et notre âme se focalisent sur autre chose et une partie de nos angoisses s'annihilent au profit de la créativité et de la recherche de solutions, et à partir de là débute un long chemin, où chaque jour souvent hélas semé d'embûches et de stress, doit faire l'objet de nouveaux objectifs et de nouveaux espoirs.

Afin de concrétiser, voire hiérarchiser tout cela, j'avais déjà pris depuis longtemps l'habitude de les coucher sur le papier durant la journée précédente ou la veille, une façon de se vider la tête par écrit, sur une feuille de papier, puis de m'y référer ensuite le lendemain dans la journée en cochant au fur et à mesure ceux des objectifs qui avaient été atteints ou réalisés. J'y vois un côté organisationnel, ludique et très motivant car il permet de mesurer en barrant les tâches effectuées l'état d'évolution de mes objectifs accomplis dans la journée.et cette méthode a été encore plus prégnante quand il a fallu franchir toutes les barrières de mon fameux parcours du combattant où je me référais en permanence à la liste fournie par les hôpitaux, où je cochais chaque case durant et en fin de journée en me concentrant sur l'objectif qui consistait à avoir 100 % de feux au vert, même si je me serais peut-être contenté d'un éventuel feu orange ponctuel et le fait est qu'il y a eu un léger feu orange qui a nécessité la pause d'un stent sur l'artère mésentérique supérieure.

Aujourd'hui, après ces trois jours de perfusion, la visite du Professeur ROUX et nos échanges constructifs liés aux résultats de ma scintigraphie qui m'indiquent que mon greffon est déjà à une Capacité Pulmonaire Totale (CPT) de 70% contre plus que seulement 30% pour l'autre, qui est en train de se scléroser définitivement. Je me raccroche plus que jamais aux derniers échanges téléphoniques que j'ai eus il y a 48 heures avec Eléna, dont mon ami Hervé m'avait parlé, adepte de neuro psychologie linguistique, entre autre, relatifs à la « home connection », c'est-à-dire la nécessité de tout mettre en œuvre pour accueillir cet organe étranger dans les meilleures conditions et dans le meilleur environnement qui soient. Il le faut car c'est une nécessité absolue durant les tous premiers mois car sinon, on risque d'ouvrir la porte à des bronchites chroniques. Il faut donc que je fasse tout ce qui est en mon pouvoir et tous les efforts, pour lui ouvrir grandes les portes afin qu'il s'installe en moi. Ce sont des efforts et des pensées permanentes qui vont servir à rassembler et à unir mon corps, mon âme et mon esprit afin de coopérer en équipe à l'objectif premier d'accueil, de bien-être et de prise du greffon.

Penser un seul instant qu'il serait le mal venu, le mal choisi, qu'il est défaillant, non adapté à mon corps serait synonyme de reniement et développerait une mauvaise relation entre nous et de l'énergie négative.

A contrario, penser, décider et faire comme je le fais qu'il est le bienvenu, que j'apprécie sa rencontre et que c'est la chance de ma vie, lui faire des éloges et lui signifier que je vais faire des efforts en permanence pour soigner son accueil, lui dire que c'est à mon corps de m'adapter, nous entraîne fatalement dans une énergie et une relation positive.

D'ailleurs, dans le même ordre d'idée, toujours dans le souci de bienveillance à son égard, et il ne le sait pas encore, mais je vais m'empresser dans les jours qui viennent d'écrire de manière anonyme à ses proches afin de remercier le (la) donneur (euse) :

L'énergie d'amour est la plus puissante qui soit !

Qui plus est, cet état d'esprit va de pair avec les conclusions médicales du Professeur ROUX qui me confirme qu'il faut abaisser encore mon taux d'immunité pour que mon corps soit encore plus en position d'accueillir et de s'adapter au greffon. Il faut médicalement que mon corps reconnaisse enfin la présence de ce corps non pas comme un étranger mais faisant partie de lui-même à part entière. C'est aussi pour cela qu'on m'administre tant et tant de pilules, potions, inhalations, et que je subis tant d'examens au quotidien.

Tiens pour en rajouter un peu plus en matière de preuve d'amour, à l'heure où j'écris, le 24 Juin à 3 h 41 du matin..., je décide de demander au kinésithérapeute tout à l'heure de doubler mes séances de kiné quotidiennes si cela est possible en en réalisant une le matin et une l'après-midi pour plus faire travailler mon corps, ma respiration, ma cage thoracique afin de faire plus de place physique et psychologique, et de donner plus de confort au nouveau venu ; afin qu'il s'y sente bien et confortable et qu'il ait envie d'y rester longtemps... Pour ce faire, durant mes deux séances de 20 minutes chacune, en silence et au rythme de ma respiration profonde, je ne me concentrerai que sur cet objectif, je procéderai aussi dès que j'ai un moment dans la journée comme dans la nuit à des palpations de ma poitrine, voire des petits massages légers de ma cage thoracique, ou plutôt des genres de caresses comme on peut le pratiquer sur le ventre d'un nouveau-né quand il souffre ou quand il pleure afin de le calmer ; car je suis persuadé que cela aidera à une meilleure synergie et connaissance et reconnaissance de l'autre entre mon corps et notre nouvel invité.

Ah que oui, c'est bien d'un invité dont il s'agit, d'un véritable être humain et non pas d'un article qui proviendrait de je ne sais quel magasin, ou d'un atelier de mécanique générale, telle une pièce détachée, car une telle pensée honteuse et déshonorante à plus d'un titre représenterait, elle, la pire des pensées négatives qui soit et qui pourrait nous envahir et polluer notre relation à jamais. Mauvais esprit de mauvais augure, va-t'en et n'y pensons même pas tellement une telle pensée est abjecte et nauséabonde.

Ah que oui, continuons à tout mettre en œuvre pour apporter confort et amour à notre nouvel ami !

Tiens donc, je me surprends à poser mon crayon et à caresser ma cicatrice d'environ 35 cm dans le dos, en passant la main sur tout ou partie des 33 agrafes qu'on devrait m'enlever pour partie dans les prochains jours.

Il est maintenant 4 h 30 du matin, j'écris assis sur le bord de mon lit, mon cahier posé sur la traditionnelle table à roulettes située à côté du lit. Je suis face à la Tour Eiffel encore éclairée à cette heure avancée de la nuit dans sa partie haute, je me lève et je la regarde en me disant que je vais faire profiter mon nouvel ami de cette magnifique et unique vue au monde. J'espère qu'il aura été sensible à mon invitation et qu'il aura apprécié !

Puis, arrivé à la fenêtre, je distingue dans la nuit, à droite, une vaste étendue éclairée de mille et un gros spots qui éclairent l'hippodrome de Longchamp que j'imagine à environ un kilomètre à vol d'oiseau comme en plein jour. Je sais ce dont il s'agit car mon fils Romain m'en avait fait part hier soir en me disant que je serai sans doute gêné par le bruit des concerts, comme bon nombre de Suresnois, concerts donnés dans le cadre du traditionnel festival SOLIDAYS ; festival entièrement dédié à la notion d'engagement et de solidarité dont l'un des objectifs consiste à susciter des milliers de vocations autour de l'aventure solidaire, que ce soit pour les droits humains, la lutte contre les exclusions, la santé, la solidarité sida, le droit des femmes, l'environnement ou encore le handicap…, en donnant du sens à sa vie en se tournant vers les autres. SOLIDAYS, c'est en quelque sorte l'invitation à aller au-delà de soi pour faire rayonner le collectif au-delà des individualités. Des objectifs nobles fondés sur des valeurs similaires et partagées dans la relation du donneur d'organe et de son receveur et qui me donnent l'idée d'inviter mon nouvel ami à partager dès demain soir au coucher du soleil quelques notes de musique très lointaines, ce sera encore là le moyen de lui montrer ma gratitude, le moyen d'être ensemble et de mieux faire connaissance. Bref, encore une preuve d'amour et une autre porte d'entrée dans la « home connection ».

Tiens mon ami, vois-tu, à l'instant, encore un des étages de la Tour Eiffel qui vient de s'éteindre !

La relation à l'autre...

J'ai compris à quel point la maladie vous transforme de manière irréversible ; et j'imagine que cela doit être un peu similaire quand on a vécu une guerre.

Personnellement, il m'a fallu cet arrêt sur image que je ne souhaite à personne pour réaliser réellement à quel point la vie est précieuse et la maladie infernale. Et comme se plait à le dire l'un de mes voisins, Rodolphe, « ne dis jamais à quelqu'un qui est dans la souffrance : je me mets à ta place... car on ne peut pas se mettre à la place de la personne et s'imaginer sa situation et ce qu'elle vit tant que nous ne la vivons pas ».

Selon mes calculs et l'observation de l'évolution, ou plutôt de la régression de ma CPT (Capacité Respiratoire Totale), à chute constante et sauf arrêt brutal mais inespéré de la fibrose qui gagnait inexorablement du terrain trop vite à mon goût, je prévoyais mon décès vers le 15 Octobre et au plus tard pour la fin de l'année.

Et quand on est au bord du précipice, on pense, on agit et on observe différemment :

- On pense d'abord aux vraies priorités en excluant les futilités du quotidien. C'est ainsi qu'avec Martine, nous nous sommes fixés de nouveaux projets de vie couchés sur le papier pour les années à venir, si je m'en sors, bien sûr ; mais c'était un réel objectif et une source commune de motivation.

- On agit par rapport à notre environnement économico-familial, nos biens, nos investissements, nos contrats d'assurances, nos donations éventuelles…, et même si cette partie que nous avons réalisée en Janvier et Février derniers est très ardue émotionnellement, et parfois complexe, elle est nécessaire et quelque part une fois réalisée libératrice et génératrice de satisfaction du travail accompli et d'une certaine « zénitude ».

- On se serre les coudes et on se ressource avec notre garde rapprochée, enfants et petits-enfants, qui nous apportent confort et réconfort matériel et immatériel grâce à leur présence et à leurs capacités d'écoute, d'aide et d'amour.

- Et puis on redécouvre la famille. J'ai personnellement toujours été surpris de constater autour de moi à quel point toutes les familles étaient soudées et quasiment toutes réunies lors des obsèques de l'un(e) de ses membres, alors qu'il est bien souvent difficile de réunir toute une famille autour d'un évènement festif, pour des causes diverses et variées, et pourtant souvent organisé le week-end et prévu de longue date. Alors que lors des obsèques, dont la date est par définition prévue peu de temps à l'avance et qui ont lieu en semaine, tout le monde trouve les moyens de se libérer de ses obligations personnelles et professionnelles, et c'est tant mieux ! C'est aussi l'occasion d'une grande réunion où nous sommes tous réunis pour honorer le défunt (e) dans la prière puis autour d'un verre et où on se quitte souvent en nous disant lors du départ des « à un de ces jours, à bientôt… » alors qu'on ne se retrouvera peut-être que lors de prochaines funérailles…

Je n'aurais jamais imaginé à quel point la proximité de la mort peut renforcer les liens d'amour et d'amitié avec nos proches. Je ressentais le besoin de leur faire comprendre, de leur dire, ou de leur montrer oralement ou physiquement combien je les aimais ou les appréciais, comme si je ne leur avais jamais dit où montré suffisamment avant, et je ne voulais surtout pas partir sans leur avoir témoigné toute cette affection.

Tout cela pour dire que j'ai eu cette chance, en étant encore en vie d'éprouver cette sensation fantastique de retrouver une très grande partie de notre famille autour de moi, de nous, grâce à cette « foutue » maladie !

- On observe autour de soi, on est inondé de coups de téléphone et de sms qui font du bien et qui vous donnent du courage et forcent la volonté. On a toutes sortes de témoignages de sympathie ou d'amitié depuis le coup de téléphone ou le sms de courtoisie au début de la maladie pour montrer son attachement et sa compassion, à la relation plus pérenne dans le temps. Face à l'adversité partagée, on y découvre des relations qui vivent intensément cette période avec nous et qui deviendront des amis. Et je pense que cette relation, qu'elle soit physique ou téléphonique, est vitale et bien plus importante qu'il n'y paraît car elle flatte notre égo, nous motive énormément et nous encourage à nous battre et à continuer à exister.

- On découvre ou on redécouvre les « perdus de vue » de longue date qui se rappellent à notre bon souvenir, tous ceux dont les circonstances de la vie nous avaient éloignés sans que nous n'y prenions forcément gare, et surtout celles et ceux sur qui on peut véritablement compter.

- On observe plein de cas différents dans son entourage et à quel point la maladie peut rapprocher certains et en éloigner d'autres. On comprend bien que les situations et les échanges interpersonnels ne sont pas simples à gérer. Comment appeler ? À quelle fréquence ? Qui appeler entre le malade ou son conjoint ? Pour s'entendre dire quoi ? Pour lui dire quoi ? Par sms, par mail ou par téléphone ? Etc… Et c'est autant le malade que l'ami qui se pose ce genre de question et je conçois bien à quel point cela peut mettre les deux parties dans l'embarras.

En faire trop ou pas assez en matière de relation et de communication ? Telle est la question à laquelle nous étions quelquefois confrontés, ce qui n'était pas parfois sans nous culpabiliser.

C'est sans doute aussi les raisons pour lesquelles, au fil du temps, les coups de téléphone et les sms s'amenuisent par crainte de déranger, voire aussi crainte d'apprendre une mauvaise nouvelle, au même titre qu'avec mon épouse nous avions décidé de ne pas trop communiquer, hormis avec nos enfants, lorsque nous avions des mauvaises nouvelles me concernant afin de ne pas tomber dans les plaintes et les gémissements au risque de mettre notre entourage mal à l'aise.

Et pourtant, tous ces sms, ces appels téléphoniques, ces mails, ces marques de sympathie, ces visites, ces prières…, sont si importants dans de tels moments.

Je mesure mieux à cet instant l'importance de la présence et de l'affection de tous ces êtres chers et je prends conscience de la chance que j'ai d'être si bien entouré. Je me dis aussi que malheureusement tout le monde n'est pas logé à la même enseigne, et je plains celles et ceux qui sont souffrants ou dans la peine et qui ne disposent pas forcément d'autant d'amour et d'amitié autour d'eux pour se ressourcer et les aider à y croire, y croire encore, y croire toujours !

A toutes celles et ceux qui nous ont montré leur affection et ils se reconnaîtront, nous leur disons un Très Grand Merci.

L’hôpital, un autre monde !

Si la maladie nous isole, l’hôpital nous rassemble dans un autre univers.

Comme sans doute bon nombre de personnes, je n’avais que très rarement côtoyé le monde de l’hôpital et jamais pour un parcours et un séjour aussi long. Et j’y ai donc découvert peut-être parfois naïvement tout un environnement humain et technique que je ne connaissais guère.

Celui de l’humanisme d’abord, qui se traduit par le bonjour enjoué du matin de la part du personnel soignant que j’ai constaté dans tous les établissements que j’ai fréquentés, souvent suivi du traditionnel « alors, comment s’est passée la nuit ? », accompagné le plus souvent d’un sourire. A croire que c’est enseigné dans toutes les écoles d’infirmières et d’aides-soignantes, si ce n’est inné. Et c’est en tous cas excellent pour sortir le patient de la léthargie matinale et lui montrer qu’on lui apporte toute notre considération et qu’on prend soin de lui.

J’admirais chaque jour la passion et le dévouement de tout ce personnel qui vit parfois des situations pénibles, voire ingrates dans sa journée de travail et le fait toujours avec la même sérénité. Comme je le disais à mes collaborateurs lorsque j’étais en activité, plus on aime son client et plus on fait du bon travail avec lui ; et je me disais que Dieu seul sait à quel point ils, elles doivent apprécier leur patient pour faire un si bon travail avec nous, et que ce ne doit pas être facile tous les jours et avec chacun(e) d'entre nous… Merci, Merci, Merci…

Autre univers, disais-je, celui du silence.

Et c'est la maladie qui m'a fait découvrir le silence, qui, il faut bien le reconnaître, n'est pas ma tasse de thé, moi qui suis d'un naturel plutôt prolixe, hyperactif et enjoué. Et je crois que c'est ce silence qui crée l'ambiance, cette ambiance qui, alliée à la solitude crée un climat propice à la réflexion, à la distinction entre l'essentiel et le superflu, et qui m'aura permis de faire un « stop » sur ma vie alors que je n'avais guère pris le temps de le faire auparavant.

Qu'il s'agisse du Pôle VINCI à Tours, de l'hôpital BICHAT ou de l'hôpital FOCH, l'ambiance est toujours aussi feutrée et se ressent surtout la nuit. C'est plutôt logique et normal me direz-vous compte tenu de la vocation des lieux, certes, mais pour moi qui n'étais pas habitué à séjourner dans ce genre d'endroit, il m'a fallu un moment pour m'y habituer. J'ai aussi découvert que la maladie nous fait perdre beaucoup de repères dont la notion du temps, d'heure, voire de calendrier et je découvrais un nouvel environnement.

C'est ainsi que j'ai pu constater peu ou prou selon les différents établissements que la vie redémarrait dans les couloirs vers six heures du matin, avec au début de légers bruits de chariots poussés délicatement, accompagnés de pas feutrés, puis au fil des minutes et de l'avancement dans le temps, le niveau de bruit allait crescendo. J'arrivais petit à petit à reconnaître le bruit de roulement d'un chariot, d'un brancard, d'un fauteuil roulant et des chariots dédiés aux services de restauration. Le tout entrecoupé parfois des éclats de rire du personnel qui, somme toute, me faisaient chaud au cœur, et c'était sans doute pour le personnel un excellent moyen de décompresser. Un peu de joie est toujours la bienvenue !

Bien sûr, cela va sans dire mais je le redis à nouveau, j'ai beaucoup apprécié le haut niveau de compétence de tous les Docteur(e)s et Professeurs que j'ai pu rencontrer et que je rencontre à nouveau dans le cadre de mes consultations de suivi.

Enfin, j'ai aussi pu constater les différences entre les modes d'organisation en particulier dans la répartition des tâches, du nombre de personnes et des zones d'autonomie de chacun(e),en particulier entre les infirmier(e)s, les aide-soignant(e)s, le personnel de ménage, le personnel lié à la restauration... et j'en suis arrivé à la conclusion qu'il y avait des bonnes pratiques à prendre dans les deux mondes, public comme semi-privé ou privé et que des gains de qualité de service liés à l'organisation du travail étaient sans doute possibles tout en conservant comme objectif le confort du malade, mais aussi le confort matériel et immatériel du personnel et l'amélioration de ses conditions de travail.

Hymne à notre système de santé

Il m'a aussi fallu cette malheureuse expérience pour me convaincre définitivement sur les moyens de protection sociale dont nous disposons dans notre belle France et sur notre système de santé dont nous pouvons encore nous enorgueillir.

Personnellement, je n'ai jamais compris et accepté le fait de ne strictement rien payer à l'issue d'une visite médicale chez un généraliste, ne serait-ce même qu'un euro pour nous rappeler le prix de la visite et le fait que c'est un service payant assumé collectivement par notre impôt.

D'ailleurs, on voit bien aujourd'hui les limites de notre système de gratuité pourtant à l'origine si fantastique et empreint d'humanisme. Ce ne sont pas moins de 25 millions de rendez-vous par an chez les médecins qui sont non honorés et non annulés par exemple. Ce phénomène s'est encore amplifié avec les plateformes de prise de rendez-vous en ligne ou le patient prend plusieurs rendez-vous pour finalement retenir uniquement le premier qui se libère, sans prendre le soin d'annuler les autres ! Nul doute que s'il fallait avancer tout ou partie, même un minimum symbolique, du prix de la visite lors de la prise de rendez-vous, que ce triste phénomène serait jugulé rapidement !

Mais il faut être atteint d'une maladie grave et être classé en Affection Longue Durée (ALD) pour se rendre compte à quel point nous bénéficions dans notre pays d'un système de santé hors pair dont on comprend mieux ce qu'il en coûte à la nation. Dans mon cas par exemple, ne serait-ce qu'un aller/retour en ambulance sous oxygène Tours/Paris coûte 1 300 € ttc, sans parler de certains traitements immunosuppresseurs de l'ordre de 2 000 € ttc/mois, etc... Et j'imagine bien aussi combien d'autres traitements sont encore bien plus onéreux que les miens.

Lorsque j'ai commencé à côtoyer ce monde médical, j'ai d'abord été subjugué par la disponibilité, l'amabilité en général et la compétence de l'ensemble du personnel médical depuis les aides-soignantes, les infirmières, les assistantes, les préparatrices, les cadres de santé, etc... dont je me refuse à citer les prénoms ici de crainte d'en oublier, et à qui j'adresse tous mes compliments et toute ma gratitude. Je conserve d'ailleurs encore le contact avec un certain nombre d'entre elles et d'entre eux, et j'ai une relation toute particulière maintenant avec Emeline et Claire, les deux secrétaires médicales, du service de transplantation pulmonaire en charge de l'organisation de mes fréquents séjours à Suresnes une fois tous les quinze jours durant trois mois, puis une fois par mois s'il n'y a pas de complication et ensuite une fois par trimestre à vie. J'étais toujours très bien accueilli, en hôpital de jour par des infirmières très pédagogues et toujours à l'écoute, je pense à Camille, Emeline, Natacha… en particulier. Et je ne saurais oublier Leila et Christine, mes deux infirmières coordinatrices, qui assurent à longueur d'année le fil rouge de la relation entre les médecins et le patient et qui font preuve d'une très grande capacité d'écoute, de patience, ainsi que d'une grande réactivité.

A toutes et à tous, je réitère ici tous mes remerciements et mes compliments car Dieu seul sait combien nous avons toutes et tous besoin de repères humains et humanistes lorsque nous sommes confrontés à la maladie et combien nous leur en sommes redevables.

J'ai également été admiratif de la qualité d'écoute, de conseil de pédagogie et de transparence de la part des Professeurs et des Docteur(e)s que j'ai côtoyé(e)s, dont j'ai admiré la faculté d'adaptation à chaque patient dans la mesure où ils constituent une équipe polyvalente, et disponibilité oblige, passent d'un patient à un autre avec la nécessité de parfaitement connaître chaque dossier. Je tiens non seulement à les remercier, mais aussi pour avoir supporté mon lot de questions permanentes émanant de ma très grande curiosité ainsi que ma logorrhée verbale.

Cela m'a aussi valu de mieux appréhender ce que je nomme maintenant leur « force tranquille ». Je me souviens encore d'une conversation que j'avais eue avec le Docteur MOUTAUX, au tout début de ma maladie, en Décembre 2021, où je le harcelais de questions relatives à ma maladie et au diagnostic ainsi que par rapport aux résultats des examens, etc… et où je trouvais que cela n'allait pas assez vite.

A cette époque, comme pour me justifier de mon empressement permanent, je comparais son travail au mien quand je réalisais des audits d'entreprise, ou en très peu de temps nous étions capables d'évaluer les forces/faiblesses et les risques/opportunités d'une entreprise, de donner les résultats et mettre en place un plan d'action.

Après m'avoir aimablement écouté, le Docteur me fit remarquer à juste titre que « Nous, dans notre métier, on travaille sur le temps long ! »

J'ai mieux compris plus tard, compte tenu de la complexité du corps humain, de l'état de connaissance de la médecine, de leur métier…, ce que signifiait le temps long et la nécessité pour le corps médical de prendre le temps du diagnostic et des diagnostics permanents liés à l'observation et à la mesure de l'efficacité des traitements.

Dans le prolongement de ces propos, quand je ne posais pas de questions et quand je ne parlais pas, je lisais beaucoup ; ce qui m'a entre autres valu de dévorer le livre de Stéphanie FUGAIN, « derrière la blouse blanche » que Lore, l'une de mes belles filles m'avait offert.

Stéphanie FUGAIN a malheureusement perdu sa fille Laurette d'une leucémie en 2002 à l'âge de vingt-deux ans et a, à la demande de cette dernière crée l'association « Laurette FUGAIN »* qui lutte contre les leucémies.

En tant que Maman, elle a accompagné sa fille dans de nombreux hôpitaux et côtoyé à ce titre un grand nombre de médecins et professeurs. Elle en a interviewé quatorze et elle a cherché à savoir qui étaient ces hommes et ces femmes « derrière la blouse blanche »* entre les mains desquels on remet nos existences, comment ils géraient les échecs, comment ils annonçaient les mauvaises nouvelles à leur patient ou à la famille, comment ils vivaient le désarroi des familles, comment ils sont « à l'intérieur » ?

On y découvre un large spectre de personnalités introverties, extraverties, plus ou moins cartésiennes, analysantes ou emphatiques toutes différentes les unes des autres qui sont interviewées par Stéphanie FUGAIN et qui se livrent avec sincérité. Ce livre apporte une vision pragmatique sur la relation soignant/soigné et se lit très facilement. Il nous permet aussi de mieux comprendre leur comportement et la pression qui pèse sur eux dans l'exercice complexe de leur profession et leur tâche trop ingrate quand il s'agit d'annoncer une mauvaise nouvelle à son patient ou à ses proches.

Et à l'heure où selon moi, il n'y a pas suffisamment de cours de communication inter personnelle et de psychologie dans les cursus d'infirmiers(ères), comme dans les cursus d'études de médecine, je le conseille volontiers à tout le personnel en lien avec des malades car sa lecture favorisera indéniablement la relation entre les parties.

Et comme son livre faisait partie des nombreux livres que j'avais en permanence sur ma table de chevet, je n'ai pas manqué d'en parler en ces termes élogieux tant au personnel soignant qu'à certains internes et médecins et je suis convaincu que certains ont dû investir depuis.

Enfin, pour avoir passé un très grand nombre d'examens, j'ai également été ébahi par le taux et le niveau d'équipements, par les moyens matériels, ainsi que par les différentes chaînes logistiques, même si j'ai recensé, de par ma formation de consultant, quelques points d'améliorations potentielles qui pourraient sans doute améliorer le rapport coût/efficacité/confort du patient et confort du personnel.

Et à la vue de ces constats, j'éprouve le besoin de dire haut et fort aux éternels mécontents, geigneurs patentés, râleurs de toute espèce... à quel point nous possédons avec nos hôpitaux et leurs ressources humaines, entre autres, une protection sociale extraordinaire et unique au monde de par sa qualité et sa gratuité, avec le Danemark et la Suède entre autre, et dont nous pouvons être fiers, même s'il faut certes se battre bec et ongle aujourd'hui pour en améliorer les carences qui sont réelles.

Il est effectivement grand temps de reprendre notre système de santé à bras le corps car malgré plus de 19 milliards d'euros injectés pour l'hôpital public en dix ans, force est de constater que cela ne fonctionne pas, et pire, fonctionne de moins en moins bien.

Depuis près de quarante ans, notre offre de soins est trop construite avec l'obsession de faire des économies, et, à vouloir rationaliser à tout prix, on a sans doute déséquilibré l'offre de l'hôpital par rapport à notre médecine de ville. Tous les services publics de l'état régalien, l'hôpital en tête, ne doivent pas être obsédés par la rentabilité mais bien par le service au citoyen et par le juste équilibre entre l'hôpital public et ce qu'on appelle de plus en plus la santé de ville, et doivent sortir de cette logique de facturation à l'acte.

Cela passera par la revalorisation de certains métiers tels que les infirmières, les médecins, les infirmières spécialisées, et par la création de maisons de santé. Charge à nos gouvernants d'y mettre les moyens afin de conserver un tel bijou inestimable au service de toutes et tous

Mais cela passe aussi par la responsabilité de chacun d'entre nous afin d'honorer nos rendez-vous chez le médecin, de ne pas solliciter les urgences de manière systématique, de penser d'abord à appeler notre médecin ou aller voir notre pharmacien.

Cela passe aussi par notre éducation, notre savoir-vivre et le respect d'autrui au travers, lors de phases critiques de recrudescence de Covid et de grippe comme actuellement, du port systématique du masque dans les lieux clos, les magasins ou les transports en commun… eh oui !

Et en même temps, et surtout, cela passe par la volonté farouche de nos gouvernants au plus haut sommet de l'état de « dire vrai et faire vrai » et de mettre tous les moyens afin de conserver un tel bijou inestimable au service de toutes et tous.

* « Derrière la blouse blanche », Stéphanie FUGAIN, éditions FLAMMARION.

*https://www.laurettefugain.org

Rejet, « t'en vas-tu ? »

Je respectais rigoureusement toutes les consignes, depuis l'interdiction formelle de boire de l'alcool, de manger de la viande ou du poisson cru, du pamplemousse, etc..., je contrôlais mon taux de glycémie trois fois/jour et m'injectais mes cinq piqures d'insuline/jour et je prenais pas moins de vingt et un comprimés/jour dont mes antirejets absolument à heure régulière, pour lesquels j'avais calé l'alarme de mon IPhone sur 7 h et 19 h. Les infirmières passaient à mon domicile tous les lundi matin entre 6 h 30 et 7 h et j'attendais toujours avec impatience les résultats de mon T/O (il s'agit d'un taux relatif aux effets des médicaments antirejet sur les reins) pour en informer mes infirmières de coordination en cas d'anomalie et pour faire évoluer le traitement.

Cette routine médicamenteuse s'installait en même temps que je me rendais une fois tous les quinze jours à FOCH en oscillant entre une fois une journée d'examens et consultation, puis la quinzaine suivante le rajout d'une fibroscopie + biopsie qui consiste à prélever sans être endormi six à sept échantillons de poumon afin d'identifier en préventif tous risques potentiels de rejet. Cette partie de plaisir nécessitait que je reste dormir à l'hôpital la nuit suivant la biopsie à des fins de surveillance en cas de complications ou hémorragie potentielles. Avec le temps, je m'habituais à la douleur et appréhendais moins les biopsies, et même si la totalité des médecins était attentionnée à mon égard et soucieuse de me faire souffrir le moins possible, ce en quoi je leur en suis gré, j'avais néanmoins même si je ne pouvais pas choisir, mes préférences par rapport aux médecins qui la pratiquaient. J'avais d'ailleurs félicité l'une des Docteures, en hôpital de jour qui était la plus douce de tous, et je conserve aussi un bon souvenir d'une autre qui se reconnaîtra qui chantonnait le Toréador de Carmen en m'introduisant ses ustensiles dans les narines, puis dans les cordes vocales, etc..., bref, un sacré spectacle rythmé par cette mélodie qui la décontractait sans doute et moi aussi !

Mais, malgré mon très bon état physique, notre situation était quand même toujours compliquée à vivre et difficile à expliquer à notre entourage car j'étais toujours en présence de ce phénomène de rejet. Ma dernière biopsie, la seconde depuis la greffe était effectuée à FOCH le 17 Aout à 10 h. Une fois les 6 ou 7 échantillons prélevés, ils étaient analysés et les résultats communiqués 48 h après. Nous étions impatients de savoir si je m'étais séparé ou non de mon rejet.

Toujours sans réponse après 2,5 jours d'attente, j'appelais Christine, l'une de mes deux infirmières de coordination qui comprenait bien mon angoisse et allait se renseigner et revenir vers moi dans la journée. Elle reviendra vers moi plus tard mais sans avoir la réponse tout en me conseillant d'appeler dans le service le samedi au cas où. Nous appellerons le samedi, mais en vain, la réponse attendra lundi !

Et pendant ce temps-là, l'ascenseur émotionnel allait encore faire des allers et retours permanents dans nos têtes.

Et Bingo, ce sujet de conversation a hélas été pour nous deux au hit-parade de nos loisirs du week-end. Nous nous interrogions surtout par rapport à la relation entre le Covid toujours présent et le rejet, en craignant toujours un rapport néfaste de cause à effet.

Que les journées et les nuits et le week-end sont longs parfois !

Je me souviens avoir envoyé à cette date sur le groupe WhatsApp famille la photo de la radio de mes deux poumons ou on distinguait bien le poumon droit toujours présent mais très chétif, et mon ami le greffon qui lui était énorme, prenait un maximum de place dans la cage thoracique et qui semblait visiblement en pleine forme. Et je me disais, « on ne peut quand même pas se quitter comme cela, je vais prendre bien soin de toi ».

Il respirait la santé et il fallait qu'il reste !

Je rappelais Christine dès le lundi matin qui nous disait ne toujours pas avoir eu la réponse, ce qui ne nous rassurait guère car nous commencions à imaginer des complications potentielles difficiles à nous annoncer, des analyses complémentaires, etc..., bref, nous commencions à gamberger, même si Christine qui compatissait par rapport à notre situation s'engageait dans le même temps à nous donner réponse dans la journée.

En attendant, je lisais. J'ai dévoré un livre que m'avait conseillé Nathalie, l'épouse de mon fils Vincent intitulé « RESPIRER », traduit de l'auteur américain James NESTOR* qui nous explique que nous respirons 25 000 fois par jour... et pourtant 90 % d'entre nous ne savent pas respirer alors que la respiration est la clef de voute de notre santé et de notre bien-être. L'objet de son livre consiste aussi à expliquer les différents mécanismes de respiration et de fonctionnement de nos poumons et de notre cerveau, en y évoquant de nombreuses maladies respiratoires telles que l'asthme, la BPCO, l'apnée du sommeil, ..., et en nous donnant quelques clefs pour mieux respirer donc pour mieux vivre. Et j'ai repris à mon compte le rythme de 5,5 secondes d'inspiration nasale et 5,5 secondes d'expiration buccale. J'ai aussi et surtout pris le temps de respirer, ce qui pour moi représentait un réel effort, mais qui est la clef du bien-être ; à tel point que j'ai écrit sur bon nombre de « post it » affichés dans la maison son principal conseil : « ARRETE TOI et RESPIRE ! »

Puis enfin à 17 h 30, je vois s'afficher le n° de téléphone de Christine, je mets le haut-parleur et je décroche : « allo, bonjour Bruno, c'est Christine, ça va bien, ton rejet a disparu ! »

A peine raccroché, je me suis mis à pleurer, nous nous sommes enlacés avec Martine en nous disant que c'était gagné… et nous nous sommes empressés d'informer les enfants qui étaient respectivement en vacances à Hossegor et à Grenoble par WhatsApp à 17h02 ou j'écrivais avec notre photo entrain de trinquer ma Martine et moi avec un large sourire : « la bonne nouvelle du jour… je n'ai plus de rejet et mon ami le greffon a bien été accepté en moi… c'est la fête au village… gros, gros bisous à tous. ».

Il s'en est suivi toute une pléiade de sms, photos, bref, tout plein de témoignages d'amour.

Cette fois ci, l'ascenseur émotionnel semblait stabilisé et nous espérions bien qu'il allait rester pour longtemps dans cet état stationnaire et reposant pour un bon et long moment !

* « RESPIRER » de James NESTOR paru aux Editions SOLAR.

Et le temps des retrouvailles est arrivé

Entre les soirées entre voisins qui m'ont fait un accueil quasi « triomphant » et les apéritifs et quatre-heures amicaux, nous avons enfin pu accueillir à nouveau enfants et petits-enfants et Martine retrouvait un peu plus le sourire tous les jours.

Le 21 Juillet à 19 h, je retrouve la salle de bain du rez-de-chaussée embuée et en plein désordre, avec au sol, un T-shirt par ci, une petite culotte par-là, une serviette de bain jonchant le sol..., je ne me souvenais plus que cela avait déjà existé et je découvrais à nouveau les joies d'être grand père et d'accueillir deux de mes petites filles, Camille et Louise pour 4 jours. Quel « bordel », mais quelle dose de bonheur retrouvée ?

Dès le 31 Juillet, je conduisais mon véhicule accompagné de Martine pour de courts trajets.

Le 18 Aout, bien que toujours avec mon rejet, j'avais tondu la pelouse à mon rythme, avec un masque bien sûr, et je n'étais pas peu fier d'adresser un bout de film à nos enfants...

Mi-Aout, nous avions avec nous Paul et Manon en Touraine et nous nous empressions de réaliser la même photo avec le V de la victoire que celle réalisée en Juillet avec les cousins.

J'ai imprimé ces photos sur papier et les regarde quotidiennement. Elles sont pour nous symbole de rebirthing et de moments intenses de bonheur retrouvé.

Je faisais même ma première sortie au restaurant avec Camille, l'une de mes petites filles de douze ans et demi, et Martine le 24 Août. C'était pour ma part un bon moment de vie et je renaissais un peu au travers cette première sortie dans un lieu public avec ma petite fille qui me faisait part quelle était contente de partager un restaurant avec moi.

Elle était assise à côté de Martine, face à moi et je la sentais toute dans la retenue à mon égard, je distinguais de la tristesse mêlée à de la curiosité dans son regard, mais je la sentais aussi joyeuse semble-t-il de partager ce premier repas au restaurant pris en commun.

J'avais, en l'observant le même ressenti qu'à l'égard de mes fils et de mes belles filles. J'éprouvais sans doute à tort un sentiment de culpabilité pour leur affliger les aléas et les souffrances liés à cette catastrophe familiale.

Ils et elles devaient mal vivre cette situation, mais ne le montraient guère, sans doute par pudeur et aussi pour ne pas nous inquiéter davantage.

Ils étaient forts car ils ont subi également les effets collatéraux de notre stress ; j'en étais conscient et je ne manquais jamais une occasion de leur envoyer des messages positifs, lorsque j'en avais, par WhatsApp, à l'issue de chacune des étapes de mon parcours du combattant. Mais je les faisais aussi peut-être souffrir lorsque je leur faisais parfois partager mes doutes et mes craintes quand les résultats de mes examens tardaient à me parvenir et que je me mettais à angoisser sans doute à tort.

Avec le recul, j'ai bien perçu tous les efforts qu'ils ont déployé à notre égard et je pense que nous leur avons montré avec Martine, régulièrement toute notre gratitude, mais je n'ai jamais osé leur demander comment ils et elles ont vraiment vécu cette période ?

J'avais aussi cette même sensation, face à Camille qui du haut de ses douze ans et demi, n'avait bien sûr pas partagé toutes les informations des adultes, mais je me demandais aussi comment elle avait vécu cette période et n'osait surtout pas lui demander… cela viendra peut-être un jour et est ce souhaitable ?

Nous recevions aussi Isabelle et Jean, le médecin général en retraite qui me donnait comme je l'avais évoqué précédemment de judicieux conseils. Ils venaient de Bretagne pour nous voir et nous remettre une peinture dont je lui avais passé commande au beau milieu de mon parcours du combattant. L'œuvre haute et forte en couleurs représente un trimaran qui vogue sur une mer déchainée avec à son bord onze petits personnages que l'on peut distinguer. Il s'agit de Martine et moi, avec nos enfants et petits-enfants. Ils luttent visiblement au milieu des nuages d'écume, pour rester debout contre vents et marées, la houle semble forte, mais le ciel est bleu… Que de symboles et de souvenirs dans cette toile qui est magnifique a beaucoup de points de vue, et que de souvenirs j'aurai dorénavant en la contemplant maintenant que nous sommes tous revenus au port sains et saufs avec celles et ceux que j'ai de plus cher au monde !

Je n'étais pas peu fier non plus le dimanche suivant, lors de la réception de Vincent, Nathalie et leurs enfants de cuisiner moi-même, debout devant la plancha la côte de bœuf, symbolique en quelque sorte du bonheur retrouvé, de la vie retrouvée !

Autant la vie s'était arrêtée lorsque nous avions compris à quel stade j'en étais de la maladie, autant ma frustration était grande quand je déambulais durant tous ces mois dans ma prison dorée, autant je prenais le temps et appréciais le bonheur d'être à mon domicile, dans mon jardin, sur ma terrasse, et de renaître. Mais cette nouvelle naissance nécessiterait quand même un redémarrage au ralenti, je peinais à retrouver mes repères, à garder parfaitement l'équilibre en marchant ou en montant dans les escaliers, et m'essoufflais encore assez rapidement à l'effort.

Suite à mes derniers entretiens avec la Docteure Sylvie COLIN de VERDIERE puis le Docteur Clément PICARD, on a entamé la diminution des corticoïdes et supprimé les trois inhalations/semaine. C'est de bon augure, même si mon taux de diabète lié à la prise de ces médicaments les inquiète. J'ingurgite néanmoins toujours pas moins de 21 comprimés et gélules par jour, y compris mes anti-rejets que l'alarme mise sur mon téléphone portable me dicte de prendre à vie à 7 h le matin et 19 h le soir.

Je retourne à FOCH les 15 et 16 Septembre pour effectuer le point à 3 mois. Je réalise mon premier test de marche : 510 mètres, à pied, à fond en 6 minutes. L'infirmière est satisfaite du résultat, donc, je suis satisfait !

Tous les résultats sont au beau fixe, mis à part un ulcère à l'estomac et des reflux gastriques qui vont être traités et seront très vites jugulés, et qui sont finalement futiles par rapport à l'essentiel.

L'essentiel, que dis-je le vital, c'est mon ami le greffon que j'ai adopté et dont je prends grand soin. Il évolue bien. Toutes les analyses et les tests le confirment, et la Docteure Laurence BEAUMONT me cale mes doses d'insuline par rapport à un taux de diabète encore trop élevé, baisse mes doses de cortisone et me confirme que mes visites à FOCH vont s'espacer et que je ne viendrai plus qu'une fois par mois. Tout cela est trop beau pour durer, me dis-je, et en même temps, c'est en tous points conforme aux objectifs que je m'étais fixés : j'allais m'en sortir et bien m'en sortir !

Je me souvenais à quel point tous les docteurs rencontrés insistaient tant sur la condition physique, et dès le premier jour à mon domicile, j'ai pris le rythme d'une demi-heure de vélo d'appartement tous les matins, voire plus, allié à deux à trois séances de kiné respiratoire par semaine et j'ai pour objectif en permanence entre le vélo d'appartement et la marche de réaliser pas moins de six kilomètres en 30 mn à vélo et trois kilomètres minimum à pied/jour. Il faut que je sois vite en capacité de jouer et battre à nouveau Antoine sur un set au tennis, retourner taper la petite balle blanche au golf avec mes amis et en retrouver d'autres dans la nature à la chasse.

Je reste convaincu que l'inactivité est la pire des ennemis et source de dépérissement et que l'activité est source de guérison.

Je suis en train de prendre conscience des quelques contraintes qui consistent à vivre avec une greffe, mais je suis vivant ; et même si je devrai dorénavant à vie aller à FOCH pour une visite de contrôle une fois par trimestre, je préfère cela qu'un aller sans retour au cimetière ! et je dois reconnaître que l'accueil de l'ensemble du personnel, la façon de nous accueillir, de prendre soin de nous, font que nous nous y sentons bien, dans la grande famille des greffés pulmonaires…, en quelque sorte.

Et puis, je ne peux m'empêcher de penser que si j'en suis là aujourd'hui, c'est certes grâce à l'immense compétence des médecins et du personnel soignant, mais surtout grâce à celui ou à celle qui m'a fait don de son poumon gauche, dont j'ai parfois le sentiment, je ne sais pourquoi qu'il provient d'une personne de sexe féminin ?

Dans mon élan d'euphorie, j'appelai le Professeur MESSIKA pour lui donner de mes nouvelles, qu'il avait par ailleurs car destinataire de tous mes états de santé ; mais surtout pour le remercier à nouveau et lui faire part de mon projet de livre. Il me rappelait le 27 pour me dire à quel point il était ravi que tout se passe bien pour moi, et me confirmer qu'il était OK pour que je cite son nom dans mon livre où j'allais faire référence à mon parcours du combattant et à ses embuches, et je lui indiquais aussi que j'allais faire la même démarche auprès du Professeur Antoine ROUX à FOCH et que tous les bénéfices des ventes seront reversés à part égales aux fondations de l'hôpital BICHAT, de l'hôpital FOCH et du CHRU de TOURS.

C'est à ce moment que nous avons envisagé l'idée d'une préface commune signée de lui Jonathan MESSIKA /hôpital BICHAT et d'Antoine ROUX/hôpital FOCH. J'étais très touché par cette initiative et lui ai traduit toute ma reconnaissance et ma sympathie. Aussi, je ne manquais pas l'occasion de croiser le Professeur ROUX à qui je soumettais cette idée quelques jours plus tard dès le 12 Octobre, jour de mon bilan à FOCH. Lui aussi trouvait l'idée excellente et acquiesçait également. J'en étais ravi !

https://hopital-bichat.aphp.fr
https://www.fondation-foch.org
https://fondsdedotation-chru-tours.fr

Ma nouvelle Vie,

Nous sommes en Octobre, nous avons déjà avec Martine qui a diminué ses doses d'antidépresseur et qui va de mieux en mieux, repris goût à la vie familiale, amicale et sociale.

Je revis au rythme de mes trente minutes de vélo d'appartement /jour, de mes séances de marche à pied dans le quartier quand le temps le permet, de mes deux à trois séances de kiné respiratoire/semaine. Et j'ai hâte de pouvoir reprendre toutes mes précédentes activités physiques et d'y retrouver tous mes amis.

Le niveau et le rythme des appels téléphoniques et des sms pour prendre de mes nouvelles diminue. L'inondation de marques de sympathie que nous avons tant appréciée au cours de ces derniers mois s'amenuise au rythme de l'amélioration de mon état de santé. C'est bien normal et nous l'interprétons positivement.

C'est bon signe, c'est le signe que chacune et chacun avait compris que j'avais franchi tous les obstacles et que j'étais sur la voie de la rémission. Ils avaient suivi de près la course de haies jusqu'au franchissement de la ligne d'arrivée et tel que dans un stade, ils n'avaient pas manqué de m'applaudir et de me féliciter à l'arrivée... puis ils allaient quitter le stade pour reprendre comme moi, comme nous, leur activité normale, et nous allions reprendre le même rythme de relations qu'avant.

J'ai aussi hâte d'avoir l'autorisation de manger à nouveau des viandes et poissons crus dont je suis privé depuis l'opération, le tout accompagné d'un bon verre de vin que je me suis interdit depuis bientôt un an.

Dès fin Août, nous nous retrouvions entre voisins tantôt chez eux, tantôt à notre domicile et souvent, je ne pouvais m'empêcher de verser une petite larme en les remerciant tellement ils nous ont tous été d'un réel soutient.

Durant ce mois d'Octobre, j'aurai participé à plusieurs visioconférences et à 2 réunions physiquement.

A chacune de ces réunions, mon arrivée a été applaudie par l'assistance et je n'ai pu à chaque fois cacher mon émotion avec mes yeux qui « piquent », derrière le masque que je porte toujours en groupe, d'autant plus que j'ai toujours des traces légères de Covid…, je leur disais à chaque fois un grand merci.

Certains saluaient « le miraculé » et je pensais à toutes les larmes versées et à l'énergie déployée pour être là à nouveau, puis je m'asseyais et observais chacun de leurs regards qui confluaient vers moi, et je lisais leur compassion dans leurs yeux et au travers de leurs gestes et mimiques et je me disais :

Est-ce que je reviens dans le monde d'avant ou est-ce le début de ma nouvelle vie ?

Est-ce la fin d'un cycle et le début de ma résurrection ?

C'est sans doute un peu des deux et dans tous les cas bien agréable et gratifiant de recevoir un tel accueil de ses pairs, et que c'était bigrement plus sympathique de les voir tous là à m'exprimer leur bienveillance et leur amitié qu'autour de mon cercueil, car c'est à peu près à cette époque que, selon mes prévisions, et si la maladie n'avait pas fait de pause, j'aurais quitté notre belle terre !

La vie reprend son long fleuve tranquille…, ou pas…

Avec la vie sociale, la vie de famille retrouve son rythme. Pour la première fois depuis plus d'un an maintenant nous allons tous, enfants et petits-enfants, tous ensembles, nous retrouver à la campagne lors du week-end des 22 et 23 Octobre prochains, soit onze mois et demi après le début de mes emmerdes qui avaient débuté à la campagne lors du week-end des 6 et 7 Novembre 2021 !

Après mes emmerdes, j'allais retrouver mes amis, mes amours…

Nous aurons la garde de Paul et Manon lors de la première semaine des vacances de la Toussaint sur Tours, puis celle d'Antoine, Camille et Louise lors de la deuxième semaine.

J'allais m'efforcer de prendre soin de mon ami le greffon comme promis, au quotidien, et prendre le temps avec Martine de vivre notre seconde vie, en prenant bien soin d'elle car elle était encore fragile, et en mettant en œuvre la longue liste de nos nouveaux projets.

Une parenthèse de plus de neuf mois de souffrances physiques et psychologiques se referme laissant la place à un nouvel épisode fait d'espoirs et de joie de vivre, et malgré les quelques contraintes au quotidien inhérentes à la vie de toute personne greffée, une éventualité de rejet potentiel, et vraisemblablement d'éventuels effets secondaires à découvrir au fil du temps, nous nous disons chaque jour que DIEU fait que je suis en vie, que la vie est belle et qu'elle mérite d'être vécue.

Conclusion

Il est temps maintenant de mettre un terme à mes écrits et à l'histoire que j'ai essayée de vous faire partager.

Comme je l'ai indiqué dans le préambule, j'avais longuement hésité à la narrer de crainte de ne pas trouver le bon angle d'attaque, le bon ton et la bonne forme, et de trop parler de moi et d'être dans le « moi je ».

Aussi, ai-je voulu et essayé de faire profiter de mon chapitre de vie et de mon expérience à toutes celles et ceux trop nombreux hélas, et bien souvent plus jeunes que moi, voire à l'aube de leur vie, qui souffrent et qui vivent les affres de la maladie, maladie souvent encore pire que celle dont j'ai été victime.

A toutes et tous, si j'ai pu leur donner un peu d'espoir en leur faisant partager mes craintes, mes peines, mes émotions mais aussi mes joies, mes « trucs à moi » pour m'aider à m'en sortir en maintenant cette volonté indéfectible et cette forte motivation à vouloir vivre, volonté tellement nécessaire et indispensable, j'en suis convaincu, pour surmonter de telles épreuves, alors, j'en serai ravi.

Sans y penser un seul instant au départ, la rédaction de ce livre a d'ailleurs été pour moi un excellent exutoire qui, au même titre que d'autres outils, m'aura permis d'affronter l'adversité, et m'aura sans doute rendu plus serein et plus fort et fait du bien psychologiquement. Il m'aura en quelque sorte permis de combler l'inactivité et le désœuvrement que j'ai découverts et que nous subissons en période de longue maladie, et de puiser en moi-même toute l'énergie positive nécessaire à l'observation, à la créativité, à la réflexion sur soi-même, sur ses relations, sur son environnement, sur le monde, bref sur la vie !

REMERCIEMENTS

Je tiens d'abord à remercier :

Martine, mon épouse, pour son amour et son dévouement,
Nos enfants, leurs épouses, et nos petits enfants pour tout et plus encore…
Notre famille,
Nos amis,
Nos voisins,
Mes amis golfeurs et chasseurs,
Mes relations et amis du monde socio-économique et associatif,
Et toutes celles et ceux qui se reconnaîtront…

Je tiens à exprimer toute ma gratitude, ma reconnaissance et mon admiration à :

Hôpital FOCH :

Professeur Antoine ROUX, Docteure Laurence BEAUMONT, Docteure Sylvie COLIN de VERDIERE, Docteure Elise CUQUEMELLE, Professeur Olivier BRUGIERE, Interne Maud GARINAT, Docteure Claire GIVEL, Docteure Sandra de MIRANDA, Docteur Abdul Monem HAMID, Docteur François PARQUIN, Docteur Clément PICARD, Professeur Edouard SAGE, Docteure Adèle SANDOT, Docteure Mathilde ZROUNBA,

Les cadres de santé, infirmières, aides-soignantes, assistantes administratives et agents hospitaliers : Laurence, Leïla et Christine, Claire, Emeline, Natacha, Camille, …, avec mes excuses à toutes celles et ceux dont je n'ai pas tous les prénoms en tête,

Les équipes de kinésithérapeutes, psychologues, diététiciennes, psychiatres, assistantes sociales,

Hôpital BICHAT :

Professeur Jonathan MESSIKA, Professeur Yves CASTIER, Professeur Hervé MAL, Docteure Mathilde SALPIN, interne Marc STERN, Docteure Gaëlle WIESENBURGER,

Les cadres de santé, infirmières, aides-soignantes, assistantes administratives et agents hospitaliers : Laëtitia, Isabelle, Fatima, … avec toutes mes excuses pour celles et ceux dont je n'ai pas tous les prénoms en tête,

CHRU de TOURS :

Professeur Sylvain MARCHAND-ADAM, Docteure Axelle RIVIERE,

Pôle VINCI :

Docteur Germain MOUTAUX, Docteure Hélène AUDEMARD-VERGER, Docteur Mathieu CHERIAUX, Docteur Bruno DIOT,

Mon médecin traitant, Pierre M,

Mon chauffeur de taxi et ami, Willy DAVAULT et Ingrid,

L'équipe de Kinésithérapeutes de l'Espace du Souffle,

Mon ostéopathe, Nicolas DESCHAMPS et ma kinésithérapeute Aurélie PARAVIS,

Les équipes des ambulances POTTIER et HARMONIE AMBULANCE,

Mon fournisseur d'oxygène, Olivier ROUSSEAU et la société ARAIR,

Magalie et Celia, mes infirmières à domicile.

La totalité des recettes générées par la vente du livre « CHAMBRE 13, Ma liberté de respirer », sera reversée aux trois fondations :

- pour l'hôpital FOCH :
https://www.fondation-foch.org

- pour l'hôpital BICHAT :
https://hopital-bichat.aphp.fr

- pour le CHRU de Tours :
https://fondsdedotation-chru-tours.fr

Imprimé en France